孟繁华　主编

年百部篇正典

父亲是个兵
邓一光

先锋
徐坤

回廊之椅
林白

双鱼星座
徐小斌

北方联合出版传媒(集团)股份有限公司
春风文艺出版社
·沈阳·

**图书在版编目（CIP）数据**

回廊之椅 / 林白著. 先锋 / 徐坤著. 双鱼星座 /
徐小斌著. —沈阳：春风文艺出版社，2018.7
（2022.1重印）
（百年百部中篇正典/孟繁华主编）
本书与"父亲是个兵"合订
ISBN 978 - 7 - 5313 - 5456 - 7

Ⅰ. ①回… ②先… ③双… Ⅱ. ①林… ②徐… ③徐
…Ⅲ. ①中篇小说 — 小说集 — 中国 — 当代 Ⅳ.
①I247.5

中国版本图书馆CIP数据核字（2018）第086522号

**北方联合出版传媒（集团）股份有限公司**
**春风文艺出版社出版发行**
http://www.chunfengwenyi.com
**沈阳市和平区十一纬路25号 邮编：110003**
**北京一鑫印务有限责任公司印刷**

| | | |
|---|---|---|
| 选题策划：单瑛琪 | 责任编辑：韩　喆 |
| 封面设计：琥珀视觉 | 责任校对：于文慧 |
| 印制统筹：刘　成 | 幅面尺寸：145mm × 210mm |
| 字　　数：166千字 | 印　张：6.75 |
| 版　　次：2018年7月第1版 | 印　次：2022年1月第4次 |
| 书　　号：ISBN 978-7-5313-5456-7 | |
| 定　　价：33.00元 | |

# 百年中国文学的高端成就
## ——《百年百部中篇正典》序

孟繁华

从文体方面考察，百年来文学的高端成就是中篇小说。一方面这与百年文学传统有关。新文学的发轫，无论是1890年陈季同用法文创作的《黄衫客传奇》的发表，还是鲁迅1921年发表的《阿Q正传》，都是中篇小说，这是百年白话文学的一个传统。另一方面，进入新时期，在大型刊物推动下的中篇小说一直保持在一个相当高的水平上。因此，中篇小说是百年来中国文学最重要的文体。中篇小说创作积累了极为丰富的经验，它的容量和传达的社会与文学信息，使它具有极大的可读性；当社会转型、消费文化兴起之后，大型文学期刊顽强的文学坚持，使中篇小说生产与流播受到的冲击降低到最低限度。文体自身的优势和载体的相对稳定，以及作者、读者群体的相对稳定，都决定了中篇小说在消费主义时代能够获得绝处逢生的机缘。这也让中篇小说能够不追时尚、不赶风潮，以"守成"的文化姿态坚守最后的文学性成为可能。在这个意义上，中篇小说很像是一个当代文学的"活化石"。在这个前提下，中篇小说一直没有改变它文学性的基本性质。因此，百年来，中篇小说成为各种文学文体的中坚力量并塑造了自己纯粹的文学品质。中篇小说因此构成百年文学的奇特景观，使文学即便在惊慌失措的"文化乱世"中也取得了令人瞩目的艺术成就，这在百年中国的文化语境中不能不说是一个奇迹。作家在诚实地寻找文学性的同时，也没有影响他们对现实事务介入的诚恳和热情。无论如何，百年中篇小说代表了百年中国文学的高端水平，它所表达的不同阶段的理想、追求、焦虑、矛盾、彷徨和不确定性，都密切地联系着百年中国的社会生活和心理经验。于是，一个文体就这样和百年中国建立了如影随形的镜像关系。它的全部经验已经成为我们最重要的文学财富。

编选百年中篇小说选本，是我多年的一个愿望。我曾为此做了多年准备。这个选本2012年已经编好，其间辗转多家出版社，有的甚至申报了国家重点出版基金，但都未能实现。现在，春风文艺出版社接受并付诸出版，我的兴奋和感动可想而知。我要感谢单瑛琪社长和责任编辑姚宏越先生，与他们的合作是如此顺利和愉快。

入选的作品，在我看来无疑是百年中国最优秀的中篇小说。但"诗无达诂"，文学史家或选家一定有不同看法，这是非常正常的。感谢入选作家为中国文学付出的努力和带来的光荣。需要说明的是，由于版权和其他原因，部分重要或著名的中篇小说没有进入这个选本，这是非常遗憾的。可以弥补和自慰的是，这些作品在其他选本或该作家的文集中都可以读到。在做出说明的同时，我也理应向读者表达我的歉意。编选方面的各种问题和不足，也诚恳地希望听到批评指正。

是为序。

2017年10月20日于北京

# 目　录

# 回廊之椅

林　白

　　我看到过一张朱凉年轻时的照片，那是一张全身坐像，黑白两色，明暗分明，立体感强。照片中的女人穿着20世纪40年代流行于上海的开衩至大腿的旗袍，腰身婀娜，面容明艳。这明艳像一束永恒的光，自顶至踵笼罩着朱凉的青春岁月，她光彩照人地坐在她的照片中，穿越半个世纪的时光向我凝视。

　　这张四寸的照片被放在一个象骨相框里，相框的风格简洁明快，与照片相得益彰，只是相片已经黄旧，而相框还很新，房间的主人说，这相框不是她的。

　　她的声音充满了无限的怀旧和眷恋之意，就像一个垂暮之年的老人怀念他年青时代刻骨铭心的爱情，这爱情是如此美好又如此富于悲剧性，使人至死不忘。

　　这是一个叫水磨的地方，20世纪60年代曾经出过一位非凡的美人，她的倩影被印在大大小小的图片上，成为万众珍藏的偶像。这位美人主演过两部美丽的电影，得到总理接见，出访过一个文明古国，极尽绚丽与辉煌。后来美人遭受劫难含辱身亡，成为一个悲剧常年飘荡在水磨。

在水磨，五十岁以上曾经目睹过朱凉芳容的人无不认为，朱凉的美艳在那位女演员之上。"朱凉是十个手指，那女演员只是一个手指。"这是一个人的原话，说这话的人就是阁楼上的女人，这个形容肯定是言过其实了。

水磨与我的家乡在同一纬度上，在地图上看都靠近二十三度，所不同的是，我家乡的河水清澈见底，而水磨，它的河水永远被深红色的泥水所充盈，它的河激情澎湃直抵越南，它的河就是湄公河。

这是一条我从小就深感诱惑的河，河边的高岸正是水磨，我作为一个过路人到达了那里。

我到达水磨的季节是秋季，确切地说，是10月23日。我对时间的感觉本来十分含糊，但我从二十岁起敦促自己每天记日记，把去过的地方和见过的人记录下来，这样，我二十岁以后所经历的事就不完全是模棱两可的，它们被凝固成文字，蛰伏在我的本子里。

10月23日中午细雨蒙蒙，天色像黄昏，气温像深秋，我穿着一件毛背心还冷得发抖，我想除了在此停留到气温回升别无他法。我贴着接近大路的低矮房屋走向水磨，在房屋与房屋之间的空隙中，我不时听见河水急速流动的喧哗声，我忍不住好奇地穿过两房之间的窄道，看到河中央耸立着几块巨大的红色石头，浑浊的红水从巨石上撞击而过，在对岸的山腰上方凝集，而在我的右首，一棵木瓜树高而直，颈项上大大小小几十只木瓜层层绕着，凛然不可侵犯地在细雨中闪耀着青色的光泽。

这使我心有所动。

水磨有一种奇怪的菜叫四棱豆，质地像我家乡的阳桃，只是截面不是五角而是四角形，大小长短像一根略长的手指。我在一家小饭馆里吃了这奇怪的四棱豆炒酸菜，味道极好，吃得兴犹未尽，出了饭馆的门就东张西望，这样我就看到了那所庞大的宅院。

章孟达建于20世纪40年代的宅院即使到了90年代，也仍然称得上雍容大方、气度不凡、品格典雅。我站在大天井里向四面的楼台仰望，朱红色的楼廊三层四叠，有一种幽深、干净、拒人千里的感觉。我十分奇怪这里怎么会空无一人，虽然天色昏暗，但实际上才下午三四点，进门时我仿佛看到一块什么盐矿办公室的牌子，我想这里也许会有值班的人。

我从多个楼梯口中的一个往上走，我的脚踏在坚硬的楼梯板上，发出很轻却异样的声音。楼梯靠墙的一面有一些木门，我猜想这是一条幽深隐秘、机关暗伏的地道的进口。我走上二楼。沿着环廊走了一圈，每个房间都上了锁，四周空无一人，这种确认使我顷刻感到四周异样的寂静。这种寂静是物质的，就像四堵灰色的墙，既厚又冰冷，不透风。

独自一个人，一个年轻女人置身于一座空无一人的大宅院，如果这只是一个电影镜头，出现在人头攒动的放映场里，也足以让我紧张得屏息凝神。当时我站在章宅空无一人的二楼回廊上，心跳加快，手心出汗，无边的寂静笼罩着我，使我魂飞魄散。

不知为什么我觉得这所宅院里肯定有人，正因为觉得有人才感到害怕，我想那人也许正在某个隐秘的窗口窥视我。有人窥视这个想象刺激着我继续往上走。

我往三楼走，一步都不敢停，因为一停下来就再也没有勇气，也没有力气走了，我已经被自己的想象吓得全身发软。

我走上三楼，一眼就看到了那只放在廊椅上的茶杯。

廊椅与楼廊的栏杆连在一起，栏杆就是椅子的靠背，这种廊椅我是第一次看见，它那种不可移动、一物两用、外形怪异、违反常规的特性我是后来才领悟到的：我首先看到那只青瓷茶杯孤零零地在暗红色的廊椅上，一只杯盖斜盖着，我闪电般想到这里有人！与此同时我控制不住惊恐，尖叫了一声，我的声音在曲折的楼廊上乱撞一气，然后迅速消失在这机关暗伏的宅楼里。寂静重新虎视眈眈。我在三楼飞快地走了一圈，边走边喊："这里有人吗？"我打算用自己的声音来壮胆，结果我听见这声音像一个患了哮喘症的老女人的声音，这使我越发胆战心惊。

三楼还是没有人。

没有人但是有一只茶杯放在廊椅上。我被一种神秘的力量推动着往四楼走。

四楼很奇怪地笼罩在一片温和的薄光中，楼底的阴冷诡秘奇怪地消失了，这使我安静下来．我想到今天可能是星期天（事实上确实就是星期天）而星期天是一个平凡的字眼，它像一个熟人迎面向我走来，使我感到某种安全。

我打算绕廊一周，但我突然看见对面楼廊的一个房间毫不掩饰地敞着门。


我问她姓什么，她后来告诉我，她叫七叶。

七叶生下来就被送了人，她在十四岁到章家当使女之前一直未能打听到她亲生父母的姓名地址。七叶十四岁那年，养父带她到水磨镇卖糠，顺便让她在圩市上卖掉十五个鸡蛋。

七叶卖掉鸡蛋就去糠行找养父，有人告诉她，养父刚卖完糠就被人硬拉去赌钱了，七叶就在糠行老老实实地等养父来叫她回家。

正好这天章家三太太朱凉的使女闯了祸，将朱凉的一条真丝手帕放在手笼上烤穿了一个大洞，朱凉闻到焦味赶到时使女正张着嘴呼呼大睡，这使朱凉对使女的行为忍无可忍，朱凉不止一次对老爷章孟达说这使女长得像猫。

朱凉坚决要换掉猫脸使女。

她带着管家在大街上乱找，眼睛专盯着十四五岁的女孩。她怀着找到一个好女孩的心愿穿过了鸡行、猪行、菜行、米行，最后在糠行停住了脚步。

就这样七叶在脚步纷纷、糠屑飞扬的糠行上迎来了她生命中的一个新纪元。她蹲在靠近屋檐的墙柱下，她看见一条黑色的裙子（那时候朱凉还未开始她的旗袍时代）从许多沾着泥、赤着脚的腿的缝隙中移动着。这裙子有一种说不出的洁净与高贵，柔软地散发着隐隐的光，在糠行的青石板上极像是来自另一个世界。七叶紧紧盯着它，生怕一眨眼它就消失在飞扬的糠屑中。

裙子慢慢移动，七叶看到了脚和鞋。当时高跟皮鞋已经在大中城市流行多年，七叶由于环境局限，却是第一次看到。这裙子和鞋在七叶的面前停了下来，七叶抬起头，看到一张美丽女人的脸正在向她迫近。

七叶被朱凉的眼睛一把抓住，她瞪着眼，看到自己被人从这个糠尘飞扬的下午提出来，一下放进那幢高踞河岸的红楼之中。她后来在红楼的记忆吞没了这个下午之前的所有岁月，她跟在朱凉身后，一步一步，轻盈如飞。

在后来的日子里，章孟达密谋反革命暴动，阴谋败露，从共产党的高参一变而为阶下囚，审讯科长陈农厉声问道："章孟达，你知不知罪？"

章孟达："我有何罪？"

陈农："11月5日的暴动，是不是你策划的？"

章孟达："什么暴动？"

陈农："你不要明知故问。"

章孟达：陈科长，在水磨地区，我作为开明人士，带头拥护共产党。我为贵政府做的事情，是有目共睹的，半年来我与政府竭诚合作，你也是我家的座上客，请不要对我有什么怀疑。

陈农：章孟达！你现在已经不是我政府的人了。你从策划暴动的那天起，就是我们的敌人，是水磨人民的罪人。

章孟达：陈科长，如果我的确策划了暴动，我愿承担责任。

审讯暂时结束，章孟达被送回一间没有窗户的屋子里关起来，这是一间曾经做过粮仓的屋子，充满了谷物呛鼻的气味。陈农的宿舍兼办公室就在隔壁。

陈农在陈年谷物的气味中用开水泡剩饭吃，他从窗口看到章家的七叶提着一个木饭盒走进来。七叶清秀、苗条，给人一种清爽之感。从前陈农常常进出章孟达家，每次都是七叶倒茶，有一次客厅里没有别人，陈农对七叶说，七叶你出来参加工作算了。陈农每看到有不错的女孩总忍不住要这样说。七叶却说，三太太对我好，我哪里也不去。七叶的眼睛又大又清，她看了陈农一眼就走了。陈农望着七叶的腰和屁股，既惋惜又失望。

七叶给章孟达送饭要经过陈农的窗口，七叶经过了窗口又折回，带着一身浓郁的米饭香和煎鱼香站在陈农的门口。陈农一面吸着饭菜的香味一面控制着自己，他咽下了一口自己的剩饭，看到七叶还垂着眼睑站在门口，陈农说：七叶，你进来呀！

七叶看着地上说：我不进，我给老爷送饭。

陈农望望饭盒说：我知道。

七叶又说：陈科长，你给开开门吧。

陈农说：你不进来，我怎么开门？

七叶仍不动。陈农说：章孟达现在是策划反革命暴动的头子了，你送的饭，是要检查的。

陈农拿自己吃饭的筷子在木饭盒里翻动，金黄色的煎鱼和碧绿的青菜以一百倍的浓香围绕着陈农，它们肥硕油光、婀娜多姿、咄咄逼人，陈农情不自禁地说道：好香的菜啊！

七叶不作声，她面无表情地看着陈农用他那双洗得不太干净的筷子把一条煎得好好的鱼捣了个七零八落。陈农边捣边说：我要看仔细，这鱼里面藏没藏字条什么的。

七叶看看陈农，说：陈科长，这菜，你吃一点吧。

陈农的筷子停在煎鱼上，他侧着脸，似乎等七叶再说一次，七叶没再说，陈农悻悻地敲了敲筷子，说：你，送过去吧！

到了下午，陈农又开始提审，章孟达吃了一顿好饭，又养了一会儿神，气色很好，面目从容，他自信地坐在审讯室里，目光平视，神情坦荡。

章孟达曾经对所有他接触过的共产党人夸口说，他章孟达是整个水磨地区第一个读马克思的书、第一个宣传共产主义学说的人。他建于1947年的四层大宅楼，正厅的门口就刻着这样一副对联：

人人有饭吃

　　个个有衣穿


　　在四十多年之后我路过水磨，还能在正厅的门口看到依稀可辨的刻痕。它们被刻在坚硬的木柱上，经历了天翻地覆改朝换代，被一层又一层的涂料所涂抹，而未曾消失。

　　章孟达的确如他所说读过马列的书，他念完高中就回家继承祖业，千顷良田和一个中小型盐矿使他成为水磨邻近几个县首屈一指的富豪。他日进千金、气冲牛斗，玩遍一切时髦的东西，他托人从上海弄来一辆九成新的轿车，买来手摇电话，买来全套餐具茶具，又按照最新最时髦的式样定做了茶几沙发各式家具，在四十二岁那年娶了县城有名的才女加美人朱凉当第三房姨太太，一切都是最好的。这时章孟达的弟弟章希达从省城的大学毕业回来，学到了许多崭新的名词，每次说话，嘴里不是社会主义就是无政府主义，是不把这个在家的土老财放在眼里的。

　　希达每天穿着干净雪白的衬衣西裤，手捧一卷精装横排书，从二楼的回廊踱到三楼的回廊。三楼回廊的廊椅上，三姨太朱凉正独自倚栏，一袭长裙，一双素手，一杯上好的普洱茶，一本中式线装书（唐诗、宋词，抑或《红楼梦》；李清照、薛涛，抑或朱淑贞），一双秋水满盈的眸子，目光里似怨似嗔，若虚若实。希达弄不清她到底是在看书还是没在看，他站在三楼回廊的另一头，隔着对角线的距离不远不近地欣赏她。

　　章孟达说：二弟，你不就是个大学生吗？没什么了不起，马克思的书，看了要杀头的，谅你也没这么大胆。章孟达暗地里让人从个旧搞了几本马列的书摆在床头，既杀了希达的威风，又赶上了世界的潮流，还领略了冒险的乐趣。

过了一年，省城的学生运动如火如荼，反蒋的浪潮一浪高过一浪，共产党的工作队开始进军大西南，章孟达才发现，这个时髦是很不好玩的。

陈农吃了一肚子剩饭，半个身子凉飕飕的，又滞又闷很不顺畅，面对脸色红润的章孟达，心里充满了仇恨。他恨章孟达竟如此坦然，恨他有三房太太有一个竟然还是朱凉，恨他被关起来还有人给他送米饭煎鱼，恨他连使女都这样不卑不亢。这样的日子不会太长了，陈农想。

陈农这样想着就把自己振作了起来，关于鱼与米饭的仇恨化作了广阔的胸怀。陈农想，革命洪流就像巨大的岩石，而章孟达不过是鸡蛋，别看他现在圆滚滚饱凸凸的，说让他流汤他就得流汤。

陈农怀着自己是石头的坚硬想法与下午的章孟达对视，他目光严正尖锐，要给章孟达的泰然自若以粉碎性的打击，他厉声喊道：章孟达！

后来章孟达的案子那么快就结案，那么快就执行枪决，固然因为章希达的告密，同时与他在这个下午对陈农一笑肯定不无关系。

章孟达对陈农的那声厉喊没有表现出应有的反应，而是一笑，一笑之后说：陈科长，你请说。

陈农一时说不出话。

章孟达！你知不知罪？

朱凉住在三楼的一间房间里，一出门就是廊椅，她在廊椅上铺着钩花的坐垫与靠背，楼栏上挂着吊兰，朱凉每日坐在廊椅上看书或钩花，廊椅上永远放着一只暗红色的有五片花瓣图形的杯垫，杯垫有时托着一杯茶，有时空着。

四十多年后我走上三楼，看到廊椅和茶杯，七叶从对面半敞着门的房间里无声地走出。七叶当时已有六十岁，但她行动轻捷，没有多少老态，她站在对面的回廊上看着我。

你是谁？

我说我是过路的，我十分喜欢这所房子，又古雅又气派，既有楼廊又有廊椅。

她十分专注地看着我的脸，一时没有说话。我问她：这茶杯是你的吗？

她让我坐在廊椅上。

我坐下来，一时身体放松，觉得十分舒服。七叶轻捷地绕过楼廊走到我跟前，几乎没有发出声音。

你是从哪里来的？她问。

我说我从邻近的一个省来，不是很远，那里也长着木瓜，空气湿润，只是没有四棱豆。我说着这些不重要的话，我知道这有些言不由衷，我同时感觉有某种重要的东西正在接近我，这种东西正是来自对面站着的这个女人。

你从哪里来的？她又问。

我说是一个小县城，而你是肯定不知道的。

她说她肯定知道，她似乎被一种确切的预感所抓住，她坚定地看着我，要我告诉她，我的那个县的名字。

我说我从北流来。

这两个字对她似乎十分意外，她不再说什么，她让我进房间坐坐。

房间里没有特别的东西，比如古瓷瓶，比如屏风漆器，比如笨重威严的椅子木床以及精致的摆设，这一切我想象中的大家物件早就荡然无存，在土改尚未到来时就已经流失殆尽，偶有漏网的，经过四十多年的风云变幻，也都找不到了。七叶作为被压迫阶级，曾经分得章家的浮财，计有太师椅一把、棉被一床、枕头一个、茶杯两只。后来太师椅被四清工作队借去使用，被一场大火烧毁，棉被是三姨太朱凉的，被面是上好的缎子，水红的底，上面是猩红艳丽的玉兰，被面十分漂亮，看上去又软又滑，像水一样。

这床漂亮无比的棉被分到七叶手里的时候朱凉已经在水磨地区消失，以后再也没有找到她，当时最流行的一种说法是朱凉跳河自杀了，但在下游，一直未能找到她的尸体，人们估计，关于朱凉之谜，只有七叶知道。但七叶在破获章孟达一案时起到了重要的作用，人们并不认为七叶有什么阴谋，比如把朱凉藏起来之类。

在那个下午，陈农被章孟达的自信和傲慢所激怒（也许还有别的），从而失去了应有的耐心，他冷冷地说：算了吧，何必多费唇舌，现在可以马上传章希达，让他来说。

白脸书生章希达天生柔情似水，缺乏英雄气概，他走进审讯室的时候气已全部泄尽，像我们的电影中任何一个革命的敌人一样，垂着头，丧着脸。他属于不狡猾的那类，他听天由命地坐在椅子上，语气平静地说出了暴动的组织，攻打的几套方案，正副指挥，敢死队分子，有多少人，有多少枪。

章希达是陈农打开的第一个缺口，这个缺口开得如此容易，连陈农都有些意想不到。陈农说我们的政策是坦白从宽、抗拒从严，你若坦白了，我们一定从宽处理，否则，必死无疑，你好好想想，是死是活，自己决定。

章希达不知道从哪里想起、怎么想，他的脑子里一片空白，在空白中朱凉美丽的容颜停留在那里，她脸上的轮廓，耳垂上的叶形翡翠，嘴唇上的朱红颜色，点点滴滴，不可抗拒地凝固在章希达的眼前。它们带着真实的颜色和隐隐的香气缭绕，这香气每当希达走到三楼的回廊就能闻到，它们从朱凉的房间散发到楼廊上，气味很淡，让人联想到朱凉的体香和某种叶子焚烧时发出的香气。希达深深地吸了一口气，一个念头固执地充满了他的意识，这个念头像晶体一样放出光芒，锐利而璀璨，它不顾一切，强大无比，从所有的其他念头的头上阔步而过，这个高于一切的东西就是：

活着。

章孟达从陈农说出希达的名字起，就一眼看到了这件事情的悲剧性结局，他在幻觉中感觉到某颗子弹正在提前穿越时空，一丝不苟地、命定地向他逼来。他看到自己被五花大绑地押往河滩，在那里，红色的河水裹挟撞击着大大小小的卵石，轰隆隆地奔腾而过，就在河边，就在光秃而空旷的河滩上，在卵石之中，那颗子弹终于击中了他，那声音像一声闷雷吞噬着章孟达，他看见自己的胸膛绽开着，鲜血喷涌而出，腥甜的气味立即布满河滩，红色的卵石闪着鲜血的光泽。

后来的场景的确就是这样。

在那个审讯的下午，章孟达被一种视死如归的东西所抓住，他怜悯地看了一眼他从来看不上的弟弟，沉默良久。

章孟达，你还有什么可说的吗？

⋯⋯⋯⋯⋯

章孟达，你还有什么可说的吗？

你们要有证据。

大西南潮湿神秘，天空永远有云雾，房屋前后长着奇形怪状的传说。我在昏睡中想到，七叶在我喝的茶中放了蛊，我中了蛊了：但我对这件事还从未有过直接的经验，我认识的人中包括我的九十二岁的外婆也没有中过蛊，这使我对此事半信半疑。因此我又想，这不会是真的。

　　那天，七叶让我坐在她的床上，我注意到她的房间里除了床，的确没有供客人落座的地方。在漫长的细雨蒙蒙的日子里，日渐衰老的七叶就坐在门口的廊椅上，像当年朱凉一样喝着茶，缅怀往事。

　　床上是那只从章家分得的枕头，不知为什么，七叶没有用枕巾把它盖住。这是一只用粉红色缎子做面的枕头，椭圆形，镶着宽大的荷叶边，枕面上绣着一双蓝色的鸳鸯。缎子的质地很好，虽经四十多年时光的磨损，看起来仍有七成新。我赞叹着伸手摸了一下，感觉到有些潮乎乎的，我猜想是刚刚拆洗过。在南方，凡是刚洗过的东西，不管干了没干，摸上去一概是这种感觉。

　　这时候我突然看到枕头旁边放着一个相框，相框里是一张黑白的女人照片，一个美丽忧郁穿着旗袍的女人。她与这个昏暗的日子、与这个没有椅子的房间、与这个衣着平常的老女人，以及这个边远小镇、这幢韶华已逝的老宅楼，与我置身其中的一切是那样的不相配。我想这照片中的女人至少应该在上海或者南京的某一间宽敞明亮的房间里，周围盛开着大朵大朵的白色百合花。

　　这是你吗？我问。

　　七叶说：不是。

　　她的回答立即传导了一种强烈而怪异的东西，我一时不知道那是什么，同时我觉得头脑十分混乱，不知道自己怎么会来到这样一幢暗红色的旧楼里，面对这样一个枕头边放着女人照片的老女人的房间。

后来我想，如果七叶是一个又老又脏的老男人，看到他枕边的女人照片我肯定不会如此悚然心惊。任何一个男人（不管年龄身份地位）怀念任何一个女人（同样不论年龄身份地位）都可以往美好的爱情那里想象，而且两人之间的差别越大，这中间的爱情故事越是曲折离奇、绚丽多姿。

我觉得七叶正盯着我看，她的眼神失却了廊椅上的少许慈祥，变得幽深和含义不明。我说我要走了，我有些头昏，我要回旅馆。

七叶自顾自说，你的眼睛很像她，我还以为你是从她的老家来的。你知道有一个叫博白的地方吗？古时候出过一个美人叫绿珠（这都是太太说的。太太朱凉在漫长的日子里不经意地将七叶塑造成一个略通文墨、小有知识、懂些情调的女人）。太太就是博白人。七叶用怀念旧情人的语调说着朱凉，她的声音断断续续，悬浮在空气中，就像某种既粗糙又柔和的物质，它们本来属于流逝已久的时间，它们消散在看不见的地方，却在这样一个时刻，受到一个外乡女人眼睛（这与它们有什么神秘的关联呢？）的召唤，它们从过去时空蜿蜒而来，单纯而不朽。它们带着往昔熟悉的步伐奔向床头的黑白照片，使之变得熠熠生辉，美丽非凡。

我决定不告诉七叶，我虽从北流来，但我的老家正是博白县。我担心自己身不由己地陷入某个阴谋。在那个瞬间，我眼前闪电般掠过一个场面：七叶举着一件年深日久式样古怪的月白色绸缎衣服（这肯定是朱凉的遗物，通过某种十分曲折隐秘的途径保留下来的，每一根丝线都浸染了逝去的岁月，每一粒纽扣都残留着朱凉的印痕）朝我挥舞，她嘴里说道：你的衣服湿了，快换下来。我看到在幽暗的房间里这件白色绸缎衣服在独自晃动，就像朱凉鬼魂附身。

我什么都没有说。即便这样，七叶仍然把我看作一个与朱凉有着神秘联系的人，在一个细雨蒙蒙的日子，从一个远处来到这里。七叶给我沏了热茶，她说你要是头昏就在我床上躺一会儿。她摸摸索索从门角的墙缝里掏出一小根干草辫，她擦着火柴，一小朵火苗立即从草尖上浮起来，虽然温温绵绵的不甚兴旺，却使这个潮气浓重阴湿幽暗的房间顷刻有了一点明亮的暖色。七叶却一下把火吹灭了，她举着草辫，在床前床后、屋里的各个角落晃动，淡灰的烟拖着小小的轨迹在房间里滑动舞蹈，香草的气味饱满地涨起，房间也因此干燥舒适起来。

这是一个充满善意的举动，它甚至使我想起我的外婆。我小时候，她老人家常常点起一种艾草编成的草辫在我的床上晃来晃去，她黑色宽大的衣襟触碰着我的脸，使我感受到慈爱、充实和安全。

熏草的香气笼罩了我。我安静地坐着，全身放松，同时感到了一种抚慰。这时我注意到，靠床的那面墙上有一个出口的痕迹，可以想象那是一个通道的出口，曾经装着木门，现在已经用砖填上了，只是砖缝没有被固定，似乎用手一扳就可以抽出。

这样的小木门在每层楼梯的拐弯都可以看到，它们通向这所暗红色旧楼的地下通道。章孟达曾经在这里藏过枪支和炸药。陈农在一个下雨的日子里，曾经带领一个班的民兵来搜查。当时七叶正在朱凉的房间里熏草，在连接不断的雨声中她听见一片杂乱无章的声音涌了进来，木鞋拖泥带水地响着，笠帽、蓑衣互相碰撞，还有一两声铁器撞着木头的声音。七叶以为来了几个杀猪的，她探出头，看到戴着笠帽的陈农正指挥着人马在楼梯口的那扇木门上乱撞。柴刀铁锹撞击着质地坚硬的木门，在寒冷的雨意中有点像大年三十厨房里几个砧板同时剁白斩鸡的声音（章孟达的这些木门正是用了一种最坚硬的专门用来做砧板的叫作铁梨木的木头），又像有人把被子蚊帐一应大件的东西莫名其妙地拿到了章宅的大天井里捣洗，发出一片捶打的声音。

这片声音兴奋，富有弹性，喜气洋洋，幸灾乐祸。一个以阉猪为生的后生看到在三楼探头的七叶，他大声喊道：七叶，你也下来吧！敲打的声音一阵兴奋，如同纷纷扬扬的石片自天而降，既轻快又沉重，气氛热烈，像造房子或杀猪那样欢快。又有一个人喊道：让三姨太也下来！另一个人呼应道：姨太太都是被压迫阶级。男人们全都听出了另外的意思，他们一声高过一声地说，被压迫得哇哇叫，压疼了，起不来了。他们开心地大笑起来，笑声落在狭窄的楼梯道发出嗡嗡的回声，如蜂群汹涌。

雨意越来越浓，天井里的夹竹桃被裹上了一层铅灰的颜色，空气中寒气弥漫。陈农领着人砸开了四个木门，门内并不像陈农想象的是一个大地下室，可用作秘密会议的地点，而是一个半人高的介于壁橱与地窖之间的封闭空间。这四个楼道夹墙中分别放着咸菜坛子、封缸黑米酒、木薯、红薯、芋头，连枪的气味都没闻到。陈农又冷又饿，忽然看到手下人正用一个竹箩筐往里装着芋头红薯，陈农问：你们这是干什么？手下人说：同志们饿了。陈农迟疑间一个人说：这章孟达，反革命一个，别说吃他点芋头，就是杀他的猪，也是应该的。

杀猪这个词，真是一个十分美好的字眼，在这群又冷又饿的人中焕发出了诱人的光辉，回锅肉的色香从这个词辐射出来，直抵人们的舌尖，在铅灰的雨意中颜色鲜艳地悬浮在鼻子的跟前，想象中的香气涨满了每个人的大脑，因了杀猪这个词的召唤，人们顷刻振作了起来。有人呼应道：杀他的猪。许多声音说：杀他的猪，杀反革命的猪，杀猪！杀猪！共同的诱惑使这个声音迅速变得整齐划一，铿锵有力，变成了统一的意志，这个意志覆盖着陈农的大脑，他不由自主地说道：杀猪。

猪的嚎叫声凄厉地回荡在整个章家宅院，从一楼直抵四楼，先期下锅的红薯和芋头已经飘出甜丝丝的香气，给这个寒气浓重的下午混进了些许温和的气息。

七叶到厨房给朱凉的手炉加火炭，她看到一头大白猪被捆住了四肢放倒在大天井里，猪颈上淤着一摊血。雨已经变小了，毛毛细雨飘落在猪身上，将颈前的血慢慢冲淡。有人提着一大木桶滚烫的水甩摆着之字形走过来，浓白的水汽晃动着，在他面前形成一道厚薄不均的气墙，他的上半身隐没在一片白色中，面目不清，只有他穿着草鞋的双脚一步一步劈开水汽，他湿漉漉的裤脚互相摩擦，发出猎猎之声，很像红旗在风中飘动发出的声音，那只硕大的上了黑桐油的木水桶被这双脚牵动着，径直走向天井里被刺破颈喉的猪。他将这桶滚烫的水举起来，哗的一下倒在猪身上，浓白的水汽腾的一下铺天盖地地升起来。这些水汽在锅里被一再加热，它们憋足了劲儿，鼓足了热情，它们是水中的热情分子，现在它们一下被释放了出来，它们迫不及待地奔涌而出，它们舞蹈、歌唱、扭动、喊叫，蔚为壮观，在铅灰色的雨意中，这一大片白色的水汽既辉煌又恐怖。

当水汽消散的时候，一个人拿着一根铁条走近，他蹲下来，把铁条往猪脚上切开的一个口子拼命捅，使皮和肉撕裂、分离，然后他用嘴贴近那个猪脚上的口子，一下一下往里吹气。猪的身体一点点胀大，一点点变成了一个椭圆形的充气体。

手持菜刀的人就过来了。菜刀闪闪发亮，它们刚刚在红色的磨刀石上经受磨砺，去尽了锈斑和污垢，磨平了凹凸，它们一无杂念一往无前锋利无比，在铅灰色的下午闪闪发亮。手持菜刀的人在吹胀气的猪身上刮毛，认真，专注。

七叶加了火炭往楼上走，满耳刮猪毛的声音。她走到三楼回廊的时候，朝天井下面看了一眼，她看到这猪已被刮净了毛，四肢也松了绑，正四仰八叉地躺在暗绿色的天井中，极像一个被剥光了衣服的人，令人毛骨悚然。

雨又开始下了起来，无边无际，从河滩那边漫过来，发出蚕虫吃木薯叶（此地没有桑叶）的细小声音。天越来越暗了，陈农领着人又打开了两个墙门。木门一砸开，陈农就闻到了铁和油的气味，这是一种陈农熟悉的气味，他深深地吸了一大口，就像一个饥饿的人闻到了好吃的东西。陈农让人从厨房点了一根松明送上来，在冒着浓烟的火光中，他发现了这两个还未来得及放上任何东西的地窖（或壁橱）空荡荡的地上有油纸的纸片。

这是用来包裹枪支的。

陈农长长地出了一口气，当他再次吸气的时候他隐隐闻到了回锅肉的香味，这香味一经进入陈农的意识，立即浓重地从楼梯奔涌而上。陈农想，杀猪杀对了，章孟达就是反革命。他举着裹枪的油纸，心里想，不知章孟达把枪转移到什么地方去了。

整个搜查过程中，朱凉始终没有离开她的房间，她甚至没有离开过她的躺椅。撞门和杀猪的声音从楼梯和天井传进来，它们同时到达朱凉和七叶，它们在朱凉身上消遁，却在七叶体内曲折而快速地奔走，然后从她狭窄的喉咙再度冲出，夸张而变形，它们声势浩大，一次比一次强大和真实，一次比一次恐怖。

这个下午朱凉让七叶找来了所有的香炉，在案头、梳妆台、床头柜、桌子、椅子等所有的地方全都安上了熏草，淡绿色的干枯叶子像一些细小别致的栅栏，参差不齐地竖在房间里，既古怪又可笑。淡灰色的烟从毛茸茸的草叶间缓缓上升，它们修长的手指柔软地伸向朱凉，抚摸她冰冷的双手和脸庞。房间里一片草香。

朱凉在寒冷的季节里极少熏草，除非是特别潮湿的日子。

我躺在章家宅楼对面的小旅馆里，看到夏夜的星辰降临。在夏天，朱凉躺在竹榻上，她穿着薄如蝉翼的纱衣，洁白、透明。在酷热的夏天，朱凉在竹榻上常常侧身而卧，她丰满的线条在浅色的纱衣中三分隐秘七分裸露，她乳房和腰肢的完美使男人和女人同样感到触目惊心。

七叶常常面对这样的朱凉。

七叶从糠市上跟朱凉来到章宅，在正对着天井的回廊上看到两个穿得很鲜亮的女人靠着廊柱嗑瓜子，一个老些胖些，另一个年轻且俏丽，嘴唇上方有一颗明显的黑痣。后来七叶知道，她们一个是大太太，一个是二太太。二太太看到七叶就"哟"了一声，大声说：这回算是挑着了。七叶从她们旁边经过时，二太太摸了摸她的头。

七叶干的第一件事就是给朱凉打水洗脸，她在回廊上再次碰到了二太太，二太太诡秘地笑着说：三太太整日不说话，老爷想宠她都不知道怎么宠。二太太拍拍七叶肩膀，又说：你来了就好了。

在亚热带的广大区域，在夏季闷热的日子里，人们每天洗澡，有时一日数次，她们用铁桶或者木桶，在狭窄的洗澡间，或者在天井用木板竹席圈围着，或者在厕所，或者在柴房，在一切有下水道或出水口的地方，在那些隐蔽的地方撩桶里的清水，冲洗她们灼热发黏的肌肤。亚热带没有集体澡堂一类的设施，没有众人一起沐浴的习惯，她们不能在别的女人面前裸露自己，从最富的人到最穷的人，全都单独洗澡。我很小时就知道，北方最可怕的不是寒冷，而是洗澡。一想到要在别的女人面前脱光衣服，生长在亚热带的人就感到绝望，她们出门总要拎上一只桶，以便在任何情况下能用一桶水回到她们的习惯中。我上大学是在故乡以北的中原城市，在头两年，即使到了零下七八摄氏度，我也不敢到热气蒸腾的澡堂去，每每想到那个赤裸裸的处所，总有一种魂飞魄散的恐惧。怕的是什么？是美？还是自身？我至今无法精确地描述。大学时代已经过去很多年，现在在我的眼前浮现的，是寒冷冬天的灰色台阶，一些瘦小的女孩拎着热水往上走，她们皮肤相仿，眼睛大而深陷，她们来自广东、广西的城市和小镇，她们把水拎到洗漱间，在广大的寒冷中，细小的热气在晃动。这些瘦小的女孩中有一个就是我。

直到第三个学年我才逐渐摆脱这种莫名其妙的不敢正视别人裸体的心理。那次我被同屋拉着一起进了澡堂。我一路紧张着，进了门就开始冒汗，我用眼角的余光瞟见别人飞快地脱去衣服，光着身子行走自若，迅速消失在蒸汽弥漫的隔墙那边。我胡乱脱了外面的衣服，穿着内衣就走进喷淋间，只见里面白茫茫一片，黑的毛发和白的肉体在浓稠的蒸汽中飘浮，胳臂和大腿呈现着各种多变的姿势，乳房、臀部以及两腿之间隐秘的部位正仰对着喷头奔腾而出的水流，激起一连串亢奋的尖叫声。我昏眩着心惊胆战地脱去胸罩和内裤，正在这时，我忽然听见一个声音大声叫出我的名字，我心中一惊，瞬时觉得所有的眼睛都像子弹一样落到了我第一次当众裸露的身体上，我身上的毛孔敏感而坚韧地忍受着它细小的颤动，耳朵里的声音骤然消失，大脑里一片空白。

我绝望得就要哭了出来，这时我的同学从人群中走出，她牵着我，一直把我牵到喷头的下方，她说：你不要怕。温暖的水流从我的头顶一直流下来，流遍我的全身，在水流中我一再听见一个温暖的声音对我说：你不要怕。这个声音一直进入我的内心，我终于忍不住哭了起来。眼泪如注。

因此我想，这个朱凉，这个我的同乡，生活在四十多年前，她一定比我更害怕在女人面前裸露自己的躯体，她在七叶面前一次次裸露自己，一定是要跟自己内心的某种东西（比如害怕）对抗。

在炎热的夏天，中午时分，七叶把清凉的井水端上房间，朱凉总要把上衣解开，她俯着身，把脸浸在水里，慢慢吐出气泡，这是一种以水泡按摩皮肤的特殊的美容法，她深深地沉浸其中，然后她把脸擦干，再俯身将前胸浸泡在大铜盆里，同时发出一两声轻微的吸气声，然后换上一件又大又软的丝质衣服，她坚挺的体形在空荡荡的衣服里若隐若现，凹凸有致。

她在竹榻上午睡，她睡觉的时候让七叶坐在旁边，她一旦入睡，身上就会散发出一种美丽女人浓睡时散发的香气，这是一种奇怪的现象。

朱凉在竹榻上午睡，她的香气由淡变浓，细小的毛孔悄然张开，像一些细小的门窗，那些香气袭人的小精灵翕动着翅膀从那里飞出，露出它们洁净的面容。我怀疑这是一些来自上天的香气，它流经人间，在新鲜的花朵和植物以及美丽的女人身上停留。

　　七叶在朱凉死后的许多年，在许多个炎热夏天的无数个漫长下午，独坐室内，总是一次次听见从洗澡间传来的拍巴掌的声音。这是一些奇怪的声音，既像豆荚爆裂，又像竹片在水面上拍打，它们富有节奏，轻重不均，一串串地从那个青苔气浓重的潮湿处走出，清脆而滞重，如果仔细倾听，会有一丝滑腻的摩擦音，它们脱离了产生它们的身体，变成一些单独的声音飘荡在空中。这是朱凉洗澡时拍打身体的声音。

　　这个女人不知从何时始，为了什么样的理由养成了这样一个毛病，这本来是上了年纪的人（比如过了五十岁）松筋舒骨的伎俩，按照我的推算，朱凉在40年代最多二十六七岁，远没有到腰酸背痛的时候。朱凉洗澡总是要花费比别的太太多两倍的时间，她让七叶在她全身的所有地方拍打一遍，她那美丽的裸体在太阳落山光线变化最丰富的时刻呈现在七叶的面前。落日的暗红颜色停留在她湿淋淋而闪亮的裸体上，像上了一层绝妙的油彩，四周暗淡无色，只有她的肩膀和乳房浮动在蒸汽中，暗红色的落日余晖经过漫长的夏日就是为了等待这一时刻，它顺应了某种魔力，将它全部的光辉照亮了这个人，它用尽了沉落之前的最后力量，将它最最丰富最最微妙的光统统洒落在她的身上。

　　她身上的水滴由暗红变成淡红，变成灰红、浅灰、深灰，七叶的双手不停地拍打她的全身，在她的肩头不停地浇些热水，她舒服地吟叫，声音极轻，像某种虫子。

很难想象有哪两个女人的关系是如此的紧密，这使我们很容易想到同性恋，从七叶一闪而过的诡秘神情和多年以后她对朱凉的忠诚和深情，使我推断她们之间有些不同寻常的东西。

但这是不可知的，这是一个必须严守的秘密，这个秘密随着另一个人的消失而愈益珍贵，它像一种沉重的气体，分布在这间暗红色宅楼的房间里，你无论如何也看不见它们。我们只能看见，当年章孟达到三姨太太朱凉的房中过夜，天亮之后他从房里踱出，脸上总是布满疲倦和困惑的神色，朱凉亦是如此。

陈农没有在章宅搜到枪支，他在既无奈又无聊的夜晚到河边散步，望见章宅临河那面墙上有一个菱形的窗口，遮住窗口的是一方猩红色的窗帘，质地柔软下垂，有几次被风卷起一角，终于未能看清窗内的情况。陈农想到这窗里住着章孟达的三姨太，想到三姨太他心里顿时别开生面。章孟达在暴动败露之前是共产党，他家的客厅是议事之处，陈农在章家进出，时常看见美丽的朱凉坐在三楼回廊的廊椅上，看书或者钩花。现在章孟达事发，大太太二太太带着孩子回娘家了。大太太娘家有钱有势，虽然以后会划一个地主成分，但不至于被镇压。二太太娘家是殷实之家，陈农在心里按照《中国社会各阶级的分析》将其划在富农与上中农之间，并且认为，只要老老实实过日子，不会成什么问题。

只有朱凉，朱凉的名字和她美丽的面容在陈农心里唤起了一丝怜香惜玉的感情。陈农是省城郊县烟农的儿子，由叔父资助读了一些书，小资情调隐藏在骨子里的某些看不见的地方。陈农胸怀革命的大目标，别开生面（或鬼迷心窍）地打算动员朱凉站在革命的一边，指出章孟达藏枪的地方，从而获得再生的机会。

陈农站在河边的红色卵石上眺望那个窗帘低垂的菱形窗口，

决定连夜提审三姨太。

陈农临时决定避开镇公所的那间枯燥无味公文气十足的办公室兼卧房，他想起自己的臭袜子和弄脏的内裤一起塞在席子底下，散发着亦酸亦腥的霉味，他对自己强调着另一个理由：章孟达弟兄也关在镇公所，不应让他们见面。

夜雾降临的时候陈农把朱凉叫到了镇上的小学校，小学的几间屋子一片漆黑，悄无声息。七叶陪朱凉来到门口，她们正拿不定主意是不是应该进去，忽然门内有个人一下按亮了电筒，电筒光射在朱凉的脸上和身上，使她一时睁不开眼睛。那个声音说：就你一个人进去。他拦住七叶说：你先回去，我会送她回去的。

朱凉跟在陈农身后走进一间虚掩着的小屋子，陈农说：你不要怕。

陈农说：我很同情你。

陈农说：你不是自愿嫁给章孟达的吧？

陈农说：你娘家一个人都没有了吗？

陈农说：常常看见你坐在廊椅上看书。

陈农说：你以后怎么办呢？

陈农说：章孟达死定了，壁洞里找到了裹枪的油纸。

陈农叹了一口气说：你还很年轻啊！

夜晚细小的风在室内无声地穿行，把煤油灯的火苗撩得一跳一跳的。七叶站在大门口看着朱凉被电筒光牵引着走进深不可测的黑暗之处，她决心守着她，她坐在大门口的青石台上，用一只鞋隔开冰凉的石气。她目不转睛地望着黑暗中的那粒灯火，她看到它在浓重的黑夜中格外细小、微弱，并且飘忽不定。

她忽然看到这粒灯火在一次晃动之后没有回到原来的位置，

它无声地在黑暗中消失了，就好像这门里本来就这么黑，从来没有点过灯似的。七叶一边站起身一边惊慌地叫着：太太——太太——

她穿着一只鞋就往里面跑，她踩着了一只松果摔了一跤，她坐在地上大声喊道：太太——

同时她听见朱凉在喊：七叶，七叶。

两个声音在黑暗中互相找着了对方，它们在空中交汇、触碰，彼此呼应，恰似这种交汇的结果，灯重新亮了起来，陈农说：七叶，你还没走吗？

陈农又说：七叶，别害怕，刚才一阵风把灯吹灭了。


第二天下午陈农领着人在山林深处一棵老榕树上找到了四支用油纸包裹着伪装得很好的步枪，这是章家雇来专门挑水的担佬告诉陈农的，担佬后来在分浮财的时候分得了章孟达房间中的大部分家具。

此后章家的下人有知道藏枪之地的都先后举报了，朱凉命七叶亦去举报，她把一个藏枪最多的地方告诉了七叶。在那些日子里，漫山都是找枪的人，他们兴致勃勃，叫喊着，唱着歌，挥舞着柴刀，劈开树杈和茅草，在亚热带的原始森林里蜿蜒而行，然后他们到达一棵大树底下，他们抬头仰望，巨大的树冠遮天蔽日，层层密实的树叶像大海。面对大海的人们脑子里想着一杆枪，他们中的某一个人用手指出了记号，就像一双神的手，伸手一划，深不可测的茫茫大海瞬间向两边分开，海水退去，乌黑发亮的枪安然露出它们珍贵的容颜。他们顺着记号望去，看到了在浓密暗绿的枝叶间隐约可见的包裹。

乌黑发亮的枪安然露出它们珍贵的容颜。

在那些日子里，秘藏的枪一支又一支地找到了，它们闪着油亮的光泽翩然而至，像黑色的巨型针叶或花瓣，这朵黑色的花就要喷出火焰，乌黑的枪口就要对准章孟达的脑袋了。

执行枪决的地点是河滩，章家宅楼有一面墙对着那里，那面墙的三楼有一个菱形窗口，窗帘低垂，窗外视野开阔，一直可以望到对岸，对岸有一棵孤零零的木瓜树。

陈农平时傍晚的时候喜欢到那里抽烟。

枯水季节的河滩卵石裸露，河床放大，细小的红色水流从卵石中间曲折流动，像一条细长丑陋的红色的蛇，它支汉繁多，遍布在卵石的缝隙中。刚刚下了场大雨（枯水期的雨水极其少有），卵石们在河滩上湿淋淋地闪耀着红色的亮光，密密麻麻大大小小，像一片雨后新生的蘑菇，色泽鲜艳。鲜艳的蘑菇散发着白色有毒的气体，云朵低低地悬在河谷上。

章孟达就这样被押到了河滩上。

他和章希达以及敢死队的队长三人一起被押到了河滩上，章希达完全没有想到这样一个结局，供是白招了，密是白告了，祖宗的跟前是永远也说不清了。希达转过头，看了看自家那幢暗红色的宅楼，他感到这面暗红色的墙壁正冷着脸朝他压过来，不动声色中有无比威严。那个菱形窗口恰似一张张开的嘴，恐怖之物就要从那里出来，又像一只独眼，一眨不眨地望着他。

希达软软地瘫了下来，一泡热尿从腿根一直流到鞋底，他被两个人架着往前走，他软软地看到大哥孟达戴着高帽稳稳地走在前面。

他们向河边走去，他们被分排在高低不平的卵石上，面对那条像蛇一样曲折细小的河流，背对着那幢代表了当地最高水平的庞大宅楼（在章孟达作为开明人士的时期，曾经向大西南工作队的共产党人夸口说，这幢宅楼日后一定是本县人民政府的所在地。章孟达死后一年，这个预言成为了事实，县政府头两年设在此处，迁走之后成为盐矿的矿办所在地）。章孟达被一枪打倒，他像一根木桩直直地倒在卵石上。敢死队队长连中三枪，他大喊一声，滚到了细长的水边，一只手落在红色的河水里。章希达没被击中就倒在了地上，七八发子弹击不中要害，验尸的时候发现还有气，又被补了两枪。

1991年章孟达的儿子从美国回来探亲（他的生母二姨太还活着），以投资三百万美元建设家乡为条件，要求给父亲平反，他的陈词中认为他父亲章孟达是民主人士，对政府有过贡献，要求提得有理有据，县财政和统战部门均认为不成问题，只需过一下核实手续。下来了解情况的人找到了陈农，被陈农坚决驳回，此事终未成为现实。次年春天，二姨太病逝，美国的儿子奔丧之后一去无音讯。

朱凉的失踪很久以后才被人们注意到，当时工作队任务繁多，还来不及处理章家大宅及其浮财，家中下人均已遣散，只剩下三姨太朱凉和使女七叶。

陈农在黄昏的时候照例到河滩抽烟，河滩上人血的腥甜气味和子弹的火药味尚未消散殆尽，它们在低低的云层下面滑腻地飘荡着。陈农吸着水烟，心里无端地有些发空，这时他看见朱凉领着七叶及两个汉子来收尸。他们推着一辆木车，车上放着几床丝绵被，朱凉从车上拖下一床最新的丝被，亲手包裹了章孟达的身体，其余两人则由那两个汉子动手，他们将裹好的尸体小心往木车上放，然后辘辘地拉着走了。

河滩上光秃秃的，陈农和朱凉他们彼此能望得见，但自始至终，朱凉没有朝陈农这边望。

有几天陈农没到河滩上散步，他到地区开了一个会，回来时路过章家宅楼，他推门走入，里面空无一人，一股阴森之气朝他凝望，使他身上无端发冷。陈农在三楼的廊椅上找到穿着白衣白裤像鬼一样的七叶，她眼眶深陷，明显消瘦，陈农没有从她嘴里打听出朱凉的下落。

镇上的人们都认为朱凉死了，有人曾经到一处水深的地方打捞过尸体，没有找到，下游也至今没有消息。

朱凉的死一直是个十分幽深的谜，事隔四十多年，七叶同样未能给我提供一个确切的答案，但我总是在七叶的眼里看到一种游游移移的东西，使我直觉到朱凉的死七叶肯定是知道的。

我在病中七叶曾经到小旅馆来过一趟，她说她去买菜，路过旅馆门口，记起我说过住在这里，就进来了。她说章宅的后园有一种治感冒的草，捣烂后用来熬粥，十分好使，若我想要，明天她给我带来。

我既迷糊又恍惚，我说我自己可以去取。我跟在七叶身后，再次来到章家的红色宅楼，门无声地张开，我看见里面有一些稀奇古怪的人，他们站在天井的夹竹桃树下，对我和七叶视而不见，像是有一种寂静的空间阻隔着她们。我跟在七叶身后，穿过幽静的天井和回廊，走进一间看样子是正厅的房间，里面既黑又大，我只能看到七叶的衣角在我面前隐隐飘动。正厅的屏风后面有一窄小通道，穿过通道就到了后园，这是一块平缓的坡地，靠围墙放着一些大水缸，像天井那样的夹竹桃参差立着，其余就没看见别的。

七叶让我等着，她去找草药，然后一转身就不见了。我在陌生的后园拼命想找到七叶，我盲目地到每一口大缸和每一棵夹竹桃的后面找她，我听见自己的声音像一种奇怪的虫子在鸣叫，七叶却无声无息地消失了。我发现在靠近楼墙的一只大缸的旁边有一扇隐秘的木门，与我在楼梯的边墙看到的那种十分相像，我用手一推，木门轻易就被推开了，我注意到合页很润滑，像是经常被打开的样子。我弯腰从木门进去，发现里面是一个夹墙，有一张桌子那么宽，有一种我熟悉的气味从夹墙的深处散发出来，我想起那正是七叶熏草的气味。我摸索着往深处走，我全身紧张手心出汗，我想我就要看到什么了。

我隐约看到前面坐着一个女人，我大声喊七叶，却无人答应，那个女人像没听见似的一动不动，我壮着胆往前走近，那女人低着头，我看不清她的脸，只看见她穿着一件旧式旗袍，这旗袍使我想起了七叶枕边的那张照片，我想这人正是朱凉无疑了。我轻轻地叫了一声，她还是没有抬头，我壮着胆伸出手碰了她一下，指尖上悚然感到一阵僵硬冰冷，我吓得转身就跑，忙乱中撞到了一个什么机关，这个人形标本（或是假的？）僵硬地抬起了脖子，发出一声类似于女人的叹息那样的声音。

我吓得魂飞魄散。

半夜里我在旅馆醒来，暗暗庆幸这只是一个噩梦，我出了一身汗，脑子里清醒了一些，我决定第二天一早就走。我隐隐感到，如果我再住下去，很可能就会真的中蛊了。七叶苍老的面容、梦中朱凉的人形标本以及那张黑白照片中美丽的倩影像一些冰凉的叶片从空中俯向我，带着已逝岁月的气味和游丝，构成另一个真假难辨的空间，这个空间越来越真实，使我难逃其中。

我想我的确要走了。

第二天一早，我搭了一辆运盐的货车离开了此地，路上我想，不知七叶是否真的挖了草药送给我。

1982年我大学毕业，身上带着七十块钱只身漫游大西南，这对一个二十几岁的女孩子来说，算得上是一番壮举，就是在那次漫游中，我路过了水磨。这次游历艰苦离奇，在我的生命中留下了深刻的痕迹。

1992年秋天，我所服务的报社到该地区搞了一次活动，回来的时候，同事们从景洪坐飞机返回省城，我坚持坐汽车，这使我有机会再次路过水磨。我找到十年前进去过的章家宅楼，门口仍然挂着盐矿办公室的牌子，我向传达室的年轻人打听七叶，她一时有些茫然，我解释说就是住在三楼的老女人，她说那是七婆，是原来这里看门兼烧开水的，三个月前刚刚去世。我向她打听七叶的情况，她说她只知道她孤身一人，没儿没女，如果我想写文章，她外婆或许知道。车还在等着我，我匆匆跑到后园看了一眼就离开了此地。

1993年1月，该地区发生了六点五级地震，不知那幢红楼震塌了没有。

《钟山》1993年第4期

# 先 锋

徐 坤

## 废 墟

　　废墟早在撒旦他们这些个画家诞生之前就已经废在那里了。百八十年前，英法联军端着洋枪洋炮攻进北京城里，不住地烧杀抢掠，一把火就把好端端的一座宫殿变成了灰秃秃的一堆废墟。大凡能氧化燃烧的物质，全都纵身化了灰，成了有机物。剩下一堆堆点不着的石头瓦砾，则以无机物的形式千疮百孔地摞着，半梦半醒之间，追忆着灿烂荣耀的往昔。从西伯利亚斜过来的冷风，岁岁年年敲打着复活下来的荒草老树，树枝子呕哑嘈杂不住地怪叫，毛草丛子也跟着哆哆嗦嗦抖个不停。泥沼之中逐渐升起了四季不灭的苇子花，盲目地随风跳着没心没肺的舞蹈，全没有一点点国破家亡的忧思。废墟虽是废得不能再废，却时不时让争相繁衍的虫豸水蛭们搅出一片乐园的欢欣。

　　画家撒旦是在一个秋季的傍晚偶然走到这里来的。那时候严霜还没有降临，刺儿梅的叶子上还残留着一丝夏末的气息。一群群候鸟在这里短暂地栖息之后，将继续朝着南边迁徙。暮色很重地垂落下来，很快就罩住了撒旦瘦长并略微有些驼背的身躯。撒旦已经走得很疲惫了，他不知道自己究竟已在城市里飘浮了多久，依稀能感觉到的，只是自己浑身积满了黄色的灰尘和馊烘烘的汗臭。原来飘浮并非像他所想象的那么简单和轻松，悬垂状态原来也是很累人的。

撒旦在一棵树前停住脚步，把手弯到背后，又顺势延展到身体两侧，做了一个卸下辎重的动作。然后他轻轻捶打着僵直不肯打弯儿的双腿，艰难地坐了下来。水汽飘飘袅袅地升腾，很快就在四周挂起了一道雾帘。城市纷乱的色彩渐次朝后退去，废墟清冷的芜杂缓缓向前袭来。撒旦吁了一口长气，眯缝起双眼，看见几只惊醒过来的寒鸦，正扑棱棱从宿栖的树上飞起，不情愿地呱呱叫着向灰蒙蒙的远处飞去。那些轻捷的黑炭般的影像激起了撒旦无限的游思，把他黑洞洞的意识之门霎地给震开了。记忆像鲜红的潮水一般汩汩地流出，一点一滴地在血管里漫开。撒旦闭着眼睛，梦游一般张开双手摸索着向前。尖利的树梢，柔曼的草尖，狰狞的朽石——在他的指尖上划过，给他留下一丝丝冰凉的温暖。那种鲜红的暖意渐渐积贮成完整而深刻的刺激，让他产生一种如临深渊般的狂喜的震颤。他浑身大汗淋漓，遏制不住幸福而又痛苦地狂喊：

"我操！"

而后他迅速起身，重整衣冠，迈着全新而富有弹性的步伐快速离去，不一会儿就消失在落叶翻飞的秋季城市里，只留下脚步声在废墟的空旷中回荡了许久许久。

那时候，这座城市的大马路和小胡同里，各种各样的艺术家像灰尘一般一粒粒地飘浮着。1985年夏末的局面就是城市上空艺术家密布成灾。他们严重妨碍了冷热空气的基本对流，使那个夏季滴水未落。干旱一直持续到了秋天。各种传染病相继流行，密云水库水位下降到历史最低点，城市饮用水短缺，工业用水产生危机。郊区的农民更是叫苦不迭，他们悄悄到庙里举行各种祈雨仪式，暗暗诅咒是哪个挨千刀的作孽，得罪了龙王爷。他们万万想不到的是，这竟是因为城里的艺术家太多的缘故，全是让精英密集给闹的。

　　艺术家们自己也正憋闷得喘不上气来。这个夏季实在是燠热难耐，把他们身上裹的水墨蓝的牛仔裤烤得火辣辣的，裆里的活儿给焐得一阵一阵地发炎，去泌尿科检查后得出诊断结果，说是包皮快要给磨烂了，已经有一两个白细胞在尿碱里头英勇出击，全力驱赶来犯之菌。说起来这事儿也难怪，这是一群没有行过割礼，或割过以后又顽强再生了的艺术家，循规蹈矩的现实主义日子是不情愿再过了，总在琢磨着换一个新鲜的活法儿。老式的大裤衩和老头衫什么的虽然透气风凉，却早就让他们瞧不上眼儿了，只是碍着面子，才没敢公开唾弃。招他们喜欢的是那种挺括、硬邦的牛仔粗布，一年四季里不下身地穿。不透气也不要紧，自有办法让它往里灌风，只要在牛仔裤的膝头和后臀尖部位挖出四个小窟窿，这不就全解决了吗？若是再在洞口周围打磨出参差不齐的毛边，就完全是一派浑然天成的意思啦！

　　稍微有点可惜的是，这毛边一根一根磨得太工整太精致了，处处都流露出人工仿造的痕迹，以至于它始终都是一种临摹，而永远成不了创作。艺术家们不免有些垂头丧气。

原来这玩意儿也是被人家穿滥了的。有什么能比穿人家穿过的裤子更没劲的呢？尤其是在这么个响晴白日的天儿里，没劲就显得越发没劲了。焦灼和烦躁让艺术家们痛苦得无所事事，创造之火在地底奔突却没有合适的井口喷涌，艺术家们脸上的痤疮憋得此起彼伏。万般无奈，他们只好蓄起了胡须，留起了长发，试图以一种胡子拉碴不修边幅的废墟面目，把内分泌不畅的粉刺状态刻意遮掩住。

于是这一年夏天，老百姓们只要一出家门口，就到处都能看到许多鼻子不是鼻子脸不是脸的乱蓬蓬的脑袋在大街小巷里游串。

年轻的画家们在撒旦的煽情指引下，半信半疑厌厌倦倦地跟着他来到废墟。刚一进去，他们的眼睛就"唰"的被刺了一下，惊得几乎说不出话来。废墟以那样生动的存在无情地剥落了画家们矫情的伪装，照得他们近乎赤身裸体，立时让他们感到四肢瘫软无力。原来废墟是真实存在着的，是先他们许多年就早已存在着的。它充满着并贯穿了他们诞生与成长的这个世纪。废墟就是废墟，废墟不是他们在脸上刻意修剪出的那种参差不齐脏兮兮毛烘烘的玩意儿。废墟成为一种象征和隐喻，昭示着一个古老而又永恒的命题。废墟竟是那么一种有着无尽含义的东西。它存在着，人们却忽视了它，一直都没有去破译这个谜。

画家们静穆地肃立着，用心比照着，揣度着。终于，他们从各个不同的角度获得了最初的真理：

"废墟！火！我！涅槃！"

"废墟！花！你！荒原！"

"废……费厄泼赖！"

"废墟！德谟克拉西！"

…………

"废墟画派"成立宣言：

> 我们都是迷途的羔羊。我们不是荒原狼。孤独不是我们的向往，我们必须成群结队才有力量。

《中华大百科全书·文艺卷·F类》：

> F：废；废都；废墟；废墟画派：崛起于20世纪80年代中期。代表人物：撒旦、鸡皮、鸭皮、屁特。代表作：《存在》，《我的红卫兵时代》，《人或者牛》，《行走》。影响或者贡献：唱念做打俱佳，呈前卫状，做先锋科。在纯洁绘画语言方面开创了中国后现代艺术的先河。

> (跨世纪出版社，2001年版，第1999页。)

"撒旦""嬉皮""雅皮""痞子一代"（又称"垮掉一代"，the beat generation）这些荣誉称号得益于傻蛋他们自己处心积虑修饰出来的外部包装。傻蛋最初听到有人称自己是撒旦时，内心里着实惭愧不已。他在心里头说，我连上帝的毛都还没摸着呢，更别提什么叛徒出卖他老人家了，就因为牛仔裤露膝露腚，就随便拿我和撒旦相媲美吗？这不是空担了一个混世魔王的虚名吗？鸡皮和鸭皮也给叫得惶惶不安，总觉得自己从小到大一直是吃干饭拉稀屎，也没下出过什么真格的蛋，没能正儿八经地标一把新立一回异。小屁特就更不用提了，懵懵懂懂地不知道自己究竟屁在哪里。据说洋屁特腻烦的是"工业文明""物欲横流"什么什么的，可是俺们反叛的到底是什么呢？于是就土屁土屁地怀着老大的纳闷儿，像一股气儿似的没有负担，内心却隐藏着带味儿的不安。

不过，从小营养不足，基本功没有练好又有什么关系呢？只要时候一到，锣鼓点一敲，撒旦鸡皮鸭皮屁特他们真就敢操家伙，青衣老旦小丑架子花地噼里扑棱耍起棍棒刀枪，"咔嚓"，"扑哧"，一个小卧鱼儿就翻上了场。

撒旦："孔子——"

鸡皮："老子——"

鸭皮："耶稣——"

屁特："释迦牟尼——"

合："所有的神，所有的人

你们都来吧，都来吧

让我用画框拥抱你们

用一大堆混乱的颜色

来编织你们。"

《存在》：作者撒旦。画展一进门处，用一堆砖头支起来一个金属画框，一个四方形的巨大空框。从框里往外望去，能看到前来观展的人正鱼贯而入，人流熙熙攘攘。脑袋探进框子里的角度不同，进入视野里的物体也各不统一。往低处看，是大大小小的脚，往高处看，是奇奇怪怪的脸，往平处看，是粗粗细细的腰。

背景则共同是灰灰蒙蒙幽深莫测的一片废墟。记者们前来采访，每次拍下的《存在》的画面都不一样。报章杂志上就刊出了原生态的各不相同的《存在》。

　　作者题跋：一切的虚无皆是存在。一切的存在皆是
虚无。
　　《太平洋狂潮》评论综述：
　　A类：多么深厚且富有弹性的艺术空框！
　　B类：瞎掰。《存在》存在吗？

　　《我的红卫兵时代》：作者鸡皮。鸡皮从废墟里掘来许多烂泥，一把一把掼到画布上。然后他骑上画框，撒了一泡很长很长的浊尿。一摊浓黄悄无声息地洇过画布，漫延流漓出很大很不规则的图形，很醇，也很臊。

　　作者画中题诗：这是我今晨第一泡童子尿。昨晚我
头一次没跟女人睡觉。
　　《太平洋狂潮》评论综述：
　　A类：金盆洗手。纯度无可比拟。
　　B类：尿的这是哪一壶？

　　《人或者牛》：作者鸭皮。这是鸭皮熬了几天几夜，用电脑绘制出的杰作。他把维摩诘的人像及毕加索的死牛一股脑儿地输入磁盘，结果机器里就吐出来一幅牛身人面图。一根根曲线交错扭结打着莲花络，好似金蛇盘根交尾，又仿佛在做着滔天欢喜图。

作者画面题诗：吃的是草，射出来的是粪。

评论综述：

A类：杂交是艺术的最高境界。

B类：不要脸的骚货。

《行走》：作者屁特。荒郊野老滩中，羊群倒立着四脚朝天地行走。羊儿们浑身溜光，只披着乌突突的羊皮。两头牧羊猪，乌克兰公和乌克兰母，穿着暖暖和和的羊绒坎肩，呼噜噜地啃着白水煮羊头。

画面题诗：羊毛不在羊身上，羊毛全在猪身上。

评论综述：

A类：20世纪最深刻的寓言。

B类：端的羊毛能养猪？

"废墟画派"一出现，首先让那些放过几天洋、见过大世面的评论家们兴奋得睡不着觉。他们一直都在处心积虑地思考着把国内艺术同国外线路接轨的问题。接不上轨就开不出去车，好货就得烂在窝里。这下可好了，"废墟画派"总算把这种疑虑给解决了，沉闷单调的日子总算可以借机捏出个响儿来了。于是他们赶紧三更半夜地从被窝里爬起来查各个语种的双解辞典，要给废墟画家们穿上一件最新款的衣裳，把他们包装打扮得豁豁亮亮。

好在那时候啥都想接轨都没有接上轨，《伯尔尼版权公约》和关贸总协定还制约不着中国的文人墨客，进口名词自由入境根本不用上税。评论家们就选用了最潮湿最捎劲儿的"先锋""前卫"等等名词或形容词，试着往撒旦他们身上比量比量。这多少还带着点大胆的冒险精神，因为过关的时候还要经过检查呢。

果然不出所料，过关时还真就被机器卡住了。原因是海关的信息储存器里，对于"先锋"只存入了这么一条：

> 先锋者，积极要求进步，积极靠近组织，刻苦攻读马列毛主席著作，又红又专，热爱劳动，积极主动和同志打成一片之分子是也。

全自动电脑操作系统不知道这等庄严神圣的词儿用在该生撒旦身上是否合适。由于程序一时全乱了套，红绿灯讯号傻子似的乱闪个不停。

机器分辨不清的问题，最终当然要由人来解决。于是关员就说："先把球踢到下边去，议一议再说吧。"

话题就给引到了球场上。小脑十分发达的运动员们纷纷发表了看法。不仅原来就踢前锋的人对此有意见，就连原来不踢前锋也没打算踢前锋，以及原来不踢前锋但一直想踢前锋却总也踢不上的也都有意见了。

前锋说："这帮小屁特们也叫前锋，那我们叫啥？我们这前锋不白前锋了？"

打算踢前锋的说："前锋要是像小屁特他们那样子，那可太让我们失望了，一辈子都白苦苦地争了。"

不打算踢前锋的说："我原来对前锋多多少少还挺敬佩的，这样一来，就更没啥念想了，趁早拉倒吧。"

也有一直当替补上不了场的，就挺淡然地说："这有什么呀，矬子里面总得拔出个大个儿来，前锋总得有人踢，谁去踢还不是一样。"

一时间竟有些莫衷一是。

就这么着，从夏末一直议到深秋，霜也下过了，雹子也下过了，紧跟着来的就是冬至。憋了一夏天的水分攒成鹅蛋大小的雪花，打头盖脸地恶狠狠砸下来，西北风打着旋儿呼呼呼地恨不能一口把废墟卷平。老百姓们不顾严寒，纷纷攘攘地从四面八方拥来，在废墟里踏上了亿万只脚。当然这并非是想让它永世不得长草，而纯粹是由于人民群众喜爱运动的天性使然，不过是借机会活动活动腿脚罢了。

也有极个别专爱制造热点，爱爆冷门抢独家新闻的记者，也扛上相机大老远地跑来凑热闹。还没进门，老记就在《存在》里头定格住了，足足惊呆了十几秒，才抖搂掉身上的雪花，按捺不住地高声咏叹道："休看它只一片断壁残垣，却原来姹紫嫣红都开遍。这妖冶邪性的花儿越来越鲜艳，看来人们放的屁全都成了浇灌它的肥料了。"

"良辰美景奈何天，"老记起了一个兴，举着话筒凑到撒旦他们跟前，"哥几个还有什么进一步的打算吗？都给咱说两句。"

"赏心乐事咱家院，"撒旦守着他的《存在》，沉静地答道，"从来就没有什么救世主，也不全靠我们自己。"

"梅花欢喜漫天雪，浑身是胆雄赳赳。"鸡皮说。

"去留肝胆两昆仑，我以我血荐轩辕。"鸭皮说。

"自古英雄谁无死，我是屁特我怕谁。"屁特说。

老记若有所思地点着头，咔嚓咔嚓使劲儿拍照，急着赶回报社发特稿。也不知他的运气怎么那么好，那天他所拍摄下的《存在》，画框里捕捉到的竟是正走红的影视大明星东方美妇人的倩影。稿子第二天就上了头条，这下可更是轰动得不得了，不光是人民群众，就连平日里一向尊崇"文人相轻"，爱在同行的脚后跟点"二踢脚"的艺术家们也都给招来了。艺术家们抻长了一直龟缩在大衣领子里观风向变幻的脖子，瞪大莫名其妙的眼睛，在《存在》里存在了存在，在尿臊味里做了几个大幅度的深呼吸，又被倒立行走的羊和人与牛的体位倒错所启迪，然后，醍醐灌顶似的，憋在壳里的魂灵立时就脱颖而出，附了形体，不再忽忽悠悠地跟肉体分离了。

　　灵与肉这么稍微一统一，艺术家们上的那些个火立时就败下去了，大便也通畅了，痤疮也不起了，闭起门来就开始造车，推着小车颤颤巍巍地上了道，朝着摸不准的感觉逐渐逼进，最后终于一拨儿拨儿地固定到位，在下落的过程中不断把残雪未消的路面扑哧扑哧砸出一个个麻坑。

> 在洁白的道路上五颜六色地走吧
> 狗像影子一样不小心闪了腰
> 空寂的芬芳
> 冬天来了，春天还会远吗

　　诗人的这么几句话表达出了艺术家们的共同心声。

　　记者一看，小稿有了这么大的反响，乐了，赶紧进行追踪连续报道。

　　记者："请谈谈当'先锋'的感觉……"

撒旦："我傻蛋连撒旦都当了，还在乎当个先锋吗？"

记者穷追不舍："不要这么简约，请再具体说说。"

撒旦："已经再具体不过了。先锋就是存在，就是我的红卫兵时代，就是人或者牛，就是行走。"

鸡皮："先锋就是进口超重低音音响，可接 CD 唱盘，卡拉 OK 功能完美齐全。"

鸭皮："先锋就是国产特效消炎药，头孢氨苄特糖衣片，Ⅰ号Ⅱ号Ⅲ号Ⅳ号Ⅴ号Ⅵ号，败火去痰。"

屁特："先锋就是赛场上永远打前场的。"

一大堆意见反馈到海关关员耳朵里，搞得他头昏脑涨有点不耐烦了。关员把手一摆，说："这也先锋那也先锋，都先锋了，还先个什么锋？我还有好多重要的事情要做，没时间跟艺术家们缠磨。放行算了，我看没什么大不了的。"

"先锋"就这样大摇大摆地运进来了。

坚冰已经打破，道路且喜畅通。既然连"先锋"都过了关了，那么还有什么能检疫不合格的呢？批评家们敢想敢干，瞅准时机，再接再厉，又用集装箱塞满了成批成批的"主义"，装到远洋货轮上往国内进口。据不完全统计，那一年批发和零售的主义总共有：结构主义（解构主义和建构主义统归这一类），兽道主义（人道主义和狗道主义统属这一门），存在主义（包括不存在主义），正弗洛伊德主义（以及反弗洛伊德主义），旧权威主义（以及新权威主义），前现代主义及其后现代主义，上形而下主义和下形而上主义

…………

"废墟画派"给归为"解构主义的普遍原理与中国国情相结

合的时代产物"。这下子又让从小到大只听说并忠于过一种主义的撒旦他们感到心里七上八下地不落底。傻蛋变成撒旦，多多少少还沾点边儿，撒旦成为先锋，也恍恍惚惚具备某种可能，一切还勉强算在情理之中。如今又要苦撑着扛起一门子主义，实在让他们觉得有些吃力。

撒旦说："大人先生们行行好，别再往前逼我们，好歹也叫几条人命。让我们顶多也就先个锋得了，别再主义行不行？"

评论家劝慰说："你且把心放回肚子里，好好揣着吧。主义不主义都是由我们鼓噪呢，说你主，你就能主。都先锋起来了，还能不主一种义？如今人们都在主义，你不主义也没道理，显得落伍，成心跟别人过不去似的。"

撒旦说："那好吧，我们权且主着。多咱看不行了，您趁早换人。"

大张旗鼓地主了一阵子义以后，一点惊天地泣鬼神的变化都没有发生。该吃饭还吃饭，该睡觉还睡觉，该画画还画画。中国的政治制度社会结构经济体制该向哪个方向滑还向哪个方向滑。弄得撒旦他们心里反倒有些泄气，空落落的，白担惊受怕趾高气扬地企盼了一场。


撒旦领着儿子小旦坐在游乐园的高空缆车上，用浑浊的目光打量着脚底下的这座乌乌蒙蒙的大城市。1990年的城市高高低低，长短不齐。没有打夯机的轰鸣，也听不见搅拌机的歌唱，可一幢幢高楼却在看不见的魔手的支配下，幻影般照样成长着。

所有的变化都在悄无声息又仿佛井然有序地进行着。在高空缆车慢慢向下滑落时，撒旦止不住又留恋起刚刚逝去的辉煌上升时代。那首老掉牙的歌曲又在他耳朵边上响了起来：

啊八十年代八十年代八十年代

你比鲜花更加逗人喜爱喜爱

啊八十年代八十年代八十年代

指引我们走向未来走向未来

不管怎么说，1985年都是艺术和艺术家大放异彩领尽风骚的一个年份。撒旦领着儿子小旦坐在1990年的高空缆车上，追忆起1985年的文艺复兴气象时，泪水甚至几次都差一点打湿了他的眼眶。1985年的情形基本上就是这样，什么都主义又都主不了义，什么都先锋又都先不了锋，什么都存在又都不存在，什么都错了位都变了形，什么都看得懂又都看不懂。人们都瞪大了白色的眼睛在寻找着黑色的光明。

"签名！"

"签名！"

人民大众都满怀着无比激动的心情，把艺术家们团团簇拥在当中，通红的脸孔，热情的手臂，嘶哑的喉咙，如痴如醉地朝拜起新时代的先锋。小旦他娘，那个可人儿朱丽叶不就是在1985年的冬天对撒旦进行狂热崇拜的吗？撒旦在她胸脯上签名的时候（当然是有一层衣服在笔尖和肉体之间做阻隔），能感觉到她的心正像小兔子一样在胸口急遽地跳动。那种过电的感觉每每回忆起来都让撒旦的手指尖感到麻酥酥地瘙痒。

在那个艺术的短暂的回光返照时代，艺术家又一次成了公众的图腾。图腾也不是说全部都能图得了腾，那些连包皮也没剩下，给割得不具形状的，就没法成为图腾了，就时不时地发一发牢骚，讲一些怪话，有些在时代车轮滚滚下流离失所的悲怆。有人失落，就有人上升，艺术是艺术家的事，谁也管不着，气死老百姓。但凡正常的就被鉴定为老古董，一切反常的都能成为反英雄。艺术家的瞎眼儿，口吃，秃顶，脚气，癌症，吊儿郎当，流里流气，全都成为一种个性的象征。艺术家重又被捧到一个高度上，鼻子孔朝天，下眼皮一个劲儿地朝上翻，牛皮哄哄的，不爱理人儿了。他们开始故意把人民大众摒弃到艺术之外，要与老百姓扯开一段距离了。

书上是怎么说来着，凡是脱离了群众，不为老百姓服务的，人民就不买你的票，亏你个十万八万的出场费，让你元气大伤，一蹶不振。

想想吧，历史上，每逢这种情况发生的时候，史家们紧接着将要描述怎样的局面出现呢？艺术的孤芳自赏，穷途末路，全面大溃退，整顿我们的作风，肃清一些流毒和影响，开展批评与自我批评，会员重新登记，清理阶级队伍，吧唧吧唧地再痛打落水狗，费厄泼赖可以缓行。

"废墟画派"果真未能免俗，紧紧地循了这条颠扑不破的艺术规律去了。就在他们急起直升，扶摇直上的当口，却"扑哧"一声，一头栽落在1989年秋季的全国艺坛大比武中，直跌得腰椎间盘突出外带颈椎弯曲，顷刻之间就瘫痪下去，长期卧床不起。

1989年艺坛大比武的结局实在出乎撒旦他们的意料。当他们接到通知，爱搭不理地从巡回走穴展出的场子来到比武地点时，发现显眼处的位置早被先来报到者占据了。真个是群贤毕至，少长咸集，各个品种的艺术家都把修得的新潮本领拿出来演习操练，跟最初那会儿相比，艺坛的变化简直是翻天覆地！

率先上场的是画家的一奶同胞兄弟，汉字书法家。书法家端了把椅子坐在台上，慢慢脱了鞋袜，露出两只油了抹黑的脚模丫子，把大小狼毫夹到大脚趾与二脚趾之间的脚趾缝里。然后，嘴里叼起口琴，手里拉起胡琴，两腿齐抖，双管齐下，脚底生皴。一曲《扬基都得尔》奏毕，一幅龙飞凤舞略带些臭咸鱼味的脚书也同时完成了。当场裱好，挑在旗杆子上迎风招展，明码标价开始竞卖。

接着来的是小说家。小说家的事业是人类灵魂工程师的事业。小说家一手拿着泥抹子，一手拎着水泥桶，把12345678个阿拉伯数目字一层层地往起码。码完了，还剩一个9，9自手。一条龙上停，推倒，和了。自己连喝几声彩，用帽子转圈向围观者收了那么十几张票子，点了点，还略有个小赚，不由得心满意足。

而后上台的是诗人。诗人在古典的阳光辐射下纷纷受孕，在遥远的瞎想年代里喝着祖宗的羊水，产下一批批面目模糊的黄种试管婴儿。还未等满月呢就插上草标急着卖孩子，丫头小子被贩子们抱走时诗人还假模假样地大哭小叫，待到人走远了，这才抹抹鼻涕，把钱偷偷掖进了裤腰。

一阵管弦乐器的轰鸣传来，交响乐队排队上场。小提琴轻抽浅送咯吱咯吱卖弄着技巧，乐队指挥扭着胯骨又蹦又跳。钢琴手把十个指关节来回捏出噼啪噼啪的黑白音响。不这么戕害自己观众就不给鼓掌。

戏园子里也是一番新气象。演话剧的都不言语光打哑谜，没有独白不再对话，男男女女在台上眉来眼去，你看我，我看你，勾肩搭背地吊膀子，彼此爱得死去活来，爱得实实在在，爱得不明不白。

京戏里头再也不用唱念做打，西皮二黄全被某某人Rap所代替，一大群龙袍马褂凤冠霞帔花赤虎脸，伴着打击乐，嚼着口香糖，在台上一个劲儿喋喋不休地饶舌，涌现出一个又一个的饶舌王。

这下可把"废墟画派"的人给看傻了，眼珠子一眨不眨地难以转动起来了。他们万万没有想到哇，就在自己的部队艰苦跋涉，走出根据地，到处扩大战果的时候，一大群"后先锋"和"后前卫"已经呼啸着打到前场来了！这不明摆着是犯规动作吗？这还了得？不行，得赶紧找赛事委员会的人说理去。

大赛组委会负责人说："规矩都是在事物发展过程中自己个儿定下来的，这事谁也干涉不着。反正是谁最潮，谁的价码高，谁就能摆在前头。"

废墟画主们忍气吞声，只好在后院的一个角落里设下了展台。没了一进门的显眼位置，《存在》也就失去了存在的意义。那一幅空框吊在墙上，框住的，也不过是一块块斑驳的墙皮。没有人前来观看，画布上的尿臊味自然也就再发挥不出沁人心脾的威慑力，熏不着别人，倒全让自己这一伙儿呛进肺管子里去了。

撒旦鸡皮鸭皮屁特他们终日垂头丧气地枯坐着，眼睁着自己门前冷落车马稀，别人却春风得意马蹄疾，一口窝囊气憋的，直蹿向脑门子去了。撒旦上火急得，满头青丝摇摇欲坠，大有刚刚而立就秃瓢的意思。鸡皮也浑身上下到处起满了鸡皮疙瘩，鸭皮的鸭蹼上生出了脚气，屁特也重新犯了痔疮，难受得不能坐不能立的。脱离了废墟，他们就仿佛失去了天启。一切的痛苦与幸福，悲怆与激情也都离他们远去。剩下的，不过是无谓的故弄玄虚。

　　据《二十世纪新浪潮艺术史料》载：1989年秋季，"废墟画派"全体中层以上干部会议在墟里召开。与会成员就共同关心的问题进行了广泛深入的探讨。经过几个回合的论战，惜最后未能达成共识，没有达到拨乱反正的预期目的。这次会议标志了废墟画派的全面解体。

　　所讨论的生死攸关的重大问题列出如下：

　　1. 关于由谁来当新画王的问题。

　　2. 有关朱丽叶本该成为小什么娘的问题。

　　3. 关于该不该让俞木墩入会的问题。

　　4. 关于走穴收入分配不均问题。

　　5. 关于出国名额分配不合理问题。

　　6. 挂靠成正处级单位后任职不公问题。

　　上述这些作为问题一条条摆到桌面上以后，首先感到惊诧的就是盟主撒旦，撒旦惊得险些一头栽倒。所有的请问竟全都是冲着自己来的，没有一件是跟艺术，跟这次比武的失败沾边。看来革命队伍内部早已隐伏下了巨大的危机。

　　此时的"废墟画派"已经由民间自由结社的艺术团体，挂靠成为艺术研究院下属的正处级国家研究机构，列为美术局废墟处，办公室设在黑石桥路三里沟。处长一名由撒旦担任，副处长三名，分别是鸡皮鸭皮和屁特。下设大小科室十个，正副科长二十余人。在编人员共一百〇七个，第一百〇八人俞木墩属于个人挂靠系列，在职不在编，因为他的户口进城问题不太好解决。

一想到这些<u>显赫</u>成绩，撒旦心里不由得又生起无限感慨，没有我撒旦的鞠躬尽瘁，会产生今天这队伍壮大的奇迹吗？一生功绩，竟与谁说?! 如今刚刚遭受一点挫折，革命遇到低潮了，就纷纷想要跳槽，临走，还要把黑都往我一人的脸上抹。艺术家，果然是最不仁义，最不道德，最不可团结而只能打击的一堆白眼狼啊!!

　　撒旦静下心来，倒要听听哪个跳出来先说。

　　鸡皮果然就跳出来说："依我看，首先该把这些待遇问题弄清了。要不，我们心里头就总扭着股劲儿，艺术水平呢，也休想上得去。"

　　"嗯。"撒旦奋拉下眼皮，"说吧。"

　　鸡皮说："大哥，我们知道，您有《圣经》做靠山，是正宗，是源。我们这些人都是派生出来的，是旁枝，是权。但是，您也不能总拿着画框占着显眼位置呀。打个比方说吧，现如今，先锋音响已经不行了，现在已出了大屏幕彩色超立体声环绕新画王……"

　　鸭皮说："还有画中画。"

　　屁特说："还有王中王。"

　　鸡皮说："对。新的出来了这么<u>些</u>，老的，该退就退了。"

　　撒旦说："你们这是事先合计好了一齐冲我来的吧？傻×你们！先锋就是先锋，先锋不是后先锋，先锋也不是后前卫，先锋更不能被新画王给代替。这个你们懂吗？"

　　鸭皮接着跳出来说："既然让我们说，我就实话实说。朱丽叶的事，我一直心里有看法。当初让大家签名的时候，您在她胸前签完了，就护着她，让我们把名都签到后背上去。您有什么权力这样做？否则的话，朱丽叶说不定会成为我们小鸭的娘呢……"

鸡皮说："成为小鸡的娘。"

屁特说："成为小屁的娘……"

鸭皮说："是的，凭什么她单单成了你们小旦的娘？"

撒旦白着脸说："瞧你们文化人这点操行，总是图谋朋友妻女，连个兔子都不如。那兔子还不吃窝边草呢。有种，你们勾她去，只要她愿意，我撒旦情愿拱手相让。"

停了一下，人人都把杯子里的水喝了一口。

屁特说："为什么俞木墩总捎香油给你？"

鸡皮说："还捎木耳……"

鸭皮说："还捎蘑菇……"

屁特说："他总给你进贡是什么原因？一个农村美术爱好者，也能入'废墟画派'？活活把全处的受教育程度拖下一个档次去。别人入会时，都有两名具副教授以上职称者推荐，他可倒好，拎两瓶香油，挎一篮子小枣，就成了会员了，这中间不是明摆着有猫儿腻吗？"

撒旦说："猫腻狗腻，喝一壶就知道了。你们有能耐也剪个纸，也剪出个'猫抓狗抓老鼠抓'连环套，我就服，我就撵俞木墩走。除了挤对人家，说风凉话，你们说你们还有哪个拉过他一把？要不是我不拘一格降人才，俞木墩这个乡土怪诞奇葩就早在乡下憋死了。"

会场一时寂静得没话说了。

鸡皮见说什么给噎回去什么，不禁心里愤愤的，索性一竿子戳到底："出国的事情也不公平，凭什么你总去大地方远地方，留下小地方近地方才让我们去？"

撒旦说："这个可得问你自己。你鸡皮懂几门外语？安排你和屁特兄弟去港澳台华人地区出访，不冤枉吧？我和鸭皮学历较高，都懂两门以上外语，欧美大（也就是大洋洲喽）跑得勤了些。那些基层干部也有外语好的，还没能轮上呢，你说你还委屈个啥？"

鸭皮说："收入分配问题也应该增加透明度。"

撒旦说："一看你就是一脸知识分子穷酸相，出国还紧着啃方便面。缺钱花不要紧，大哥我多拉点赞助，再多派你出去几次，美元不就攒下了吗？何必在乎国内走穴那点小钱呢？"

屁特说："那么挂靠的事又怎么讲？为什么就你一个人正处，哥几个都是副的？"

撒旦啪啪地拍胸口窝："你丫的还懂不懂点人心了？我挖门盗洞地找路子，挂靠上一个国家机关容易吗？我让大家伙都有了固定工资和公费医疗，反倒落了一身的不是。一百〇八人的废墟处，一个正处，三个副处，二十个正副科，还少哇？不少了。要不你们说怎么办？你们都当正的，我当副的？"

众人不再说话，各自拾掇拾掇细软，打点好行装走出门去，呼啦啦地作鸟兽散。

只剩了撒旦一人守着1989年深秋的废墟默默地发呆。

## 归去来兮

1990年到来的标志，就是艺术家脏兮兮的长发一夜之间全换成了油乎乎的秃头。锃光瓦亮的秃头不分白天黑夜地在大街小巷里尽情地照耀，夜与昼的界限顷刻间模糊了。无论是奶秃、脂溢性脱发、杨梅大疮抑或一本正经的削发剃度，凡是叫个艺术家的都想尽办法千方百计地把自己弄秃。一脑袋瓜子秃瓢才适合于安装最新最美的假发，才能化装成商人、官人、头人、鸟人、闲人、袭人，跻进黄道红道黑道白道绿道上去装模作样地混事儿。

画家撒旦的秃法有点与众不同。撒旦是在一夜梦醒之后发现自己被鬼剃了头的。他用双手在脑袋顶上一搂，滑腻腻、湿滚滚的，枕上除了留下一个青皮脑瓜，缕缕长发早已无影无踪不知去向。撒旦不由得悚然一惊："没根了。可算是六根清净了。"

撒旦不住地喃喃自语。包装成"撒旦"和"先锋"的那个披头散发的小子一夜之间就不见了，剩下的，只是一个面白面白、圆咕隆咚的倭瓜形大号傻蛋。

"嗯，是傻蛋。是我从前的自己回来了。"

撒旦感慨万端。"撒旦"还没当几天就进了绝境，洋技巧好像刚刚开了个头就已练到了顶。剩下的还有什么呢？难道非得从头操练，把祖祖先先走过的道再重新走一遍不可吗？

撒旦心烦意乱地把这个叫家的地方四下里仔细打量了一遍。锅碗瓢勺，小旦和他娘，外加一副画框。只有储满回忆的东西，没有能惹起留恋的地方。

"走吧。是该走了。是时候了。"

撒旦对着镜中的秃瓢吻了一下，然后，扛起画框，蹑手蹑脚地迈出了家门。

"砰！"

世俗生活被他象征性地隔绝在了身后。

走了几步，撒旦又回转身来，掏出兜里的十几元钱塞进门缝，留作小旦这个月的买牛奶钱。

"傻蛋，这一大清早你又要到哪里疯去？"

背后传来朱丽叶的责问。朱丽叶穿着睡衣，蓬头垢面地站在阳台上。

"寻根去了。归隐去了。"

撒旦头也不回地边走边说。

"寻根寻根，你寻个鸟根！"朱丽叶尖着嗓子，用花腔女高音嚷着，"归隐归隐，你归个屁隐！放着老婆孩子你不养，又要寻根，又要归隐，我看你天生就是神经不正常。听着傻蛋，有本事，你就一辈子都别回这个家门。

朱丽叶歇斯底里的喊声，在清晨的雾水中震颤着穿过，分裂成细密的白色粉粒，呛得撒旦睁不开眼睛。他到底也弄不懂，那个喜欢追星、柔婉纯情的浪漫少女哪里去了，怎么忽然之间就变成了尖酸刻薄絮絮叨叨的管家婆了。鸡毛蒜皮庸俗透顶的婚姻生活可把他们俩给磨坏了。艺术已经给人生磨坏了。现代快要被现实给磨坏了。

困在城里的撒旦就像一条被揭了鳞的鱼，失去了往日璀璨的灵光，再也无法自由自在地呼吸。

"走吧，"撒旦嘴里嘟嘟囔囔，"走出去，就得救了。"

撒旦不住地自言自语。他扶了扶肩上歪歪斜斜的画框，一直朝北走，朝着看不见的城市边缘行进下去。太阳升起之前，他想，他一定得走出城里。

每一扇窗口都放射出几缕枯黄的温馨或柔情。雾霭中飘来女妖悠久迷人的歌声。秃头撒旦正在苍茫的路上踽踽独行。神不再为他提着那盏指路的红灯。他只能用秃头为自己释放灰色的光明。

艺术的旺季在上一个秋天就已经彻底结束，春天的苹果树正在远处无望地开着一片片淡季的花。撒旦一路上虔诚地托着他的画框。他框框这个，套套那个，搁在这儿，擂在那儿，框来框去，左套右套，无论怎么框，框定的都无非是一片天，几块地，两三个人，一团浮尘。

"这个城市完了。没有任何有意义的东西了。"

撒旦闷闷不乐地想。他已经对这座城市感到了彻底的绝望。他走啊走啊，却总也走不出城里去，无论走到哪里，都能跟从前的艺术家们不期而遇。大家都从各自的秃头或假发里认出了当年的同党，于是便不好意思心怀鬼胎似的相互一笑。对过眼光之后，又分道扬镳，把各自的路子走得更急，更响。

终于，当一大片金澄澄的麦子摇曳着招展着涌进他的画框时，行者撒旦狂喜着停住了脚步，站在麦田边上热泪盈眶：

"唵嘛呢叭咪吽……天！"

在1990年夏天金黄金黄的季节里，艺术家撒旦不顾一切地一头扎进麦地，不停地思索起"我从哪里来""要到哪里去"这些锈迹斑斑还挺沉甸甸的问题。


俞木墩最先从撒旦的画框里跳出来登场。木墩一个"燕子展翅"亮相，然后，立定，撑开小黑伞，站在6月的骄阳下，毕恭毕敬地迎候撒旦导师。

这朵"乡土怪诞奇葩"，可是撒旦导师一手辛勤栽培、扶植起来的。自打俞木墩的剪纸连环套"猫抓狗抓老鼠抓"入了废墟画派，在京城里展出之后，木墩一下子成了小县城里的文化名人，不久就被提拔到县里，当了文化馆馆长，老婆孩子也一起跟去吃起了公家粮。若不是老婆阻拦，他还想把他的艺术启蒙老师，那个擅剪窗花的八十多岁的老奶奶也一道接进县里去呢。

"忍得苦中苦，方为人上人哪！"

木墩心里头常这么想。

"吃水不忘挖井人！时刻想着我大哥。"

木墩同时也这么想。

虽然是当了个先锋，木墩也没有像城里艺术家那样把尾巴翘到天上去，他依然恪守着受人滴水之恩当以涌泉相报这个死理儿，按照春夏秋冬季节的变化，给撒旦导师兼大哥捎去时令土特产品，包括香油、木耳、小枣、蘑菇等等。

"大哥，就您一个人来的？"

俞木墩恭候在路口的老槐树下，仰起了没熟透的向日葵一样的白里透黄的笑脸，热情地上前拉住了撒旦的手，接过了他肩上的画框。

"嗯哪。"撒旦甩了甩手，疲乏地应了一声。

"您这次是挂职锻炼呢，还是自费体验？"俞木墩试探着问。

"啥也不是。是寻根。归隐。"撒旦淡淡地说。

"寻个啥？闺……瘾……？"俞木墩老半天摸不着头脑。

"寻根！归隐！"撒旦重重地重复道。

"……嗯，那什么，大哥，咱还是先到县上吃点饭，喝点酒，歇歇，缓过乏来再去办事儿。俺们县长待会儿还要过来敬酒呢。"

"木墩，肯定是你穷张罗的吧？我不是告诉过你别声张吗？"

"嘿嘿，大哥，瞅您说的，您是全国著名一流大画家，县长接见一下也是极其应该的。"

刚一照面时，俞木墩和撒旦都彼此吓了一大跳。俞木墩暗想，才多少日子不见，撒旦老师咋就这么土了吧唧的不艺术了？早先那会儿，撒老师那工作服裤子上都带好几个窟窿，头发都有两尺来长，一直披过肩膀，从来都是不骂人不说话。那风度，那气质，操，人那才叫艺术呢！我在县长面前还神道道地替他吹乎了老半天，哪承想，他现在也学说一口土话，变得这么土得掉渣，气质下降得尤其的差。唉。

　　撒旦心里也在寻思着，才多大一会儿工夫啊，你说，一个乡土奇葩，就演变成了城市癞瓜了。哪像他第一次进京那会儿，脸色黢黑，一口大黄牙，秃头上遮着一顶耷拉檐的确良黄军帽，把一大堆剪纸用小包袱皮里三层外三层地裹着，见谁都叫大哥，见谁都叫老师，多纯朴，多执着！一晃，怎么奶秃就治好了，长出一脑袋黏得直打绺的乱草来了？瞅那牙也白了，裤子上也磨出窟窿眼儿来了，简直艺术得不能再艺术了。这全是废墟画派艺术熏陶的结果啊！

　　路边停了一辆桑塔纳，俞木墩请撒旦上车，说这车是县里淘汰下来，归了文化馆，县长书记们都不屑于坐了。

　　车子在县城挤挤擦擦红红绿绿的人群里磕磕绊绊地走着。司机不停地把喇叭按得震天价响。一挂驴车横在前边挡住了道，木墩开开车门押出脖子去骂了几句。赶车的老农慌得紧抽三鞭，好歹把驴拖到了路边。

　　"乡下人，不懂规矩，大哥您得见谅。"俞木墩往车座下面吐了一口痰说。

　　"木墩，还剪纸不了？"

　　俞木墩说："大哥，不瞒您说，我现在实在忙得很，腾不出手来剪。"

"忙些个啥呢?"

"唉,要说呢,跟艺术也沾点边儿,联系走穴演出。"

撒旦说:"啥走穴?还是办巡回画展吗?"

俞木墩笑笑说:"大哥您说的是哪朝的事儿了,现在谁还有闲工夫看画,都听流行歌曲去了。港台的,大陆的,能张嘴发出个动静就成。"

"木墩你又不会唱歌,你跟着掺和个啥?"

"大哥这您就外行了。县礼堂、电影院,每月都得唱上个三五场的,全靠我一手操办联络。那叫啥玩意儿来着?'经纪人',对,是经纪人。挣俩钱儿,出出名呗。"

"那……你的艺术还搞不搞了?"

俞木墩又吐了一口唾沫,用手掌抹了一下嘴巴:"大哥,在您面前我可就要说惭愧了。现在我算是看明白了,有钱能使鬼推磨,什么一流歌星二流歌星的,再艺术,只要到了我这块地面上,都得听我摆弄,被我俞木墩经纪来经纪去的。如今就连县长也不敢小看咱,光是去年一年,咱就上缴县财税小十万。能混到这个份上,咱哪,知足。"

撒旦听得心里一沉,自己辛辛苦苦培植出来的乡土艺术奇葩竟这样轻而易举地夭折枯萎了。唉,自己当初是何苦呢,还因为木墩的事儿把鸡皮他们兄弟几个都得罪掉了。唉。

车子好不容易才挨到了黑天鹅小宾馆门前。进了饭厅一看,除了县长以外,县五大班子都派员出席了,连工青妇、乡一级村一级组织也都派来了代表,一共摆了五大桌。

撒旦脸一沉,捅了捅俞木墩腰眼儿:

"木墩，你想要干什么这是？"

俞木墩说："人都是我请来的。大哥你放心，你对我有恩，这几桌酒席就算是我报答你的一点心意。咱不在乎多几双碗筷，图的，就是个热闹、体面。"

撒旦不好再说什么，道具一般木木地应着景。他那一副秃头却让举座皆惊，众人怎么也想象不到，著名一流大画家怎么会比土生土长的俞木墩还寒碜。县长和几大要员都分别站起身来致辞，敬酒，欢迎大画家来我县体验生活，希望能描绘一些社会主义新农村的光辉景象，多替本县向外宣传宣传。

当画家撒旦被俞木墩架进宾馆二楼房间时，已经基本上人事不省，呈最佳酒精迷醉状态。俞木墩说："大哥您这顿没吃好，晚上咱哥儿俩再接着喝。"

撒旦眼前冒着金光，略带些不满地责备说："木墩，咱总这……这么喝，我……我归归隐还……还搞不搞了？"

俞木墩赶忙说："是是，别耽误了大哥您的正事。您说想去哪？什么？东……东篱？东篱是坟地啊！好，好，我这就叫车。"

撒旦摆摆手说："算了算了，你忙忙……你的去吧，我待会儿自己到地里走走……"

木墩说："庄稼地可有什么好看的？天天在眼巴前放着，想躲还躲不开呢。也行，大哥，您自己先归去吧，我就失陪了，今晚县礼堂有小虎队演出，我得去照应一下。"

撒旦没听明白："什么小虎队？台湾小虎队？"

木墩说："我的好大哥，真虎哪请得来呀，假的！几个半大小子，化了妆，在台上又蹦又跳，再使劲放上烟幕，配上录音带，得，成了！"

撒旦用手无力地在木墩肩上拍两下："木墩……你可真能啊……"

木墩说："操，现在什么都能假，人有什么不能假的。歇着吧大哥，我先走一步。"


秃头撒旦此刻独自躺在宾馆席梦思床上。午后的阳光经过淡灰色百叶窗的阻拦，形成了一片片的断简残章。几缕旱风游走在老槐树的枝丫上，无声无息的。撒旦的眼神儿空洞地盯着墙壁纸上的一处幽暗，那大概是一块隔年蚊血的残斑。他抬手扭亮床头灯。一团耀眼的明亮在他的脸上打出一道橘黄色的光圈，刺得他慌忙地闭上了眼睛。周围的景致一时间旋转起来，旋转着，把那一片灿烂的麦地金光闪闪地推近到他的眼前。撒旦遏止不住地坠落，坠落，深深地跌进那一片金色的忘川……

一大群纷乱迷离的意象蜂拥着涌进他的画框，喧嚣嘈杂的色彩迸裂出混浊密集的音响……


正面：归隐

　　牧童骑在猪身上胸有朝阳

　　屋檐下的死猫摔出了瓦砾的碎响

　　绿色的渠水浇灌着

　　　无色透明的稻秧

　　麦子像菊花一样散发着

　　　隐忍的幽香

反面：麦子

你挺立尖锐的锋芒千年不变深深
　　渴望
刺穿大地情人莲花般开放幽深的
　　痛创
一千朵陶渊明的菊花热风中忧伤
　　荒凉
唯有你紫胀膨亮的雄悍英勇茁壮
　　成长
……………


　　满怀着崇高艺术理想的画家撒旦，站在1990年6月的麦地里孤独地守望。6月的南风正从遥远的天际徐徐地涌来，麦海中耸动起无数根欲望，一波一波地，扩展，翻卷。那一棵棵硕大光洁的穗头傲立着，勃起周身雄壮的锋芒，热烈而又狰狞地摆动进6月的阳光。一束束蓬勃燃烧着的尘根喻象引发起撒旦谵妄的激情，他无法遏制地冲动起来，狂癫似的大笑，继而大哭，无比亢奋地长号一声：

　　"呜啊——"

　　一道嘹亮的弧线，很痛快地划过麦梢，线头箭一样直刺到地里。

　　……………

　　"哎——我说那边那个秃老亮，你圪蹴在那圪垯干啥呢？"

　　撒旦还未从痴迷之中缓过劲来，麦地那头远远一声喊，唬得他赶紧整理好衣襟下摆。

　　"我说你在这块儿干啥呢？"一个老农手拿镰刀走了过来，眯缝起眼睛，上上下下警惕地打量着撒旦。

"不……不干啥。画点画……"撒旦像被人当场抓住的奸夫，脸红脖子粗地结结巴巴。

"画画？你可在我这块地里转悠好几天了，我咋瞅你都不像个好人样。"老农仍然紧盯着他，没有松懈斗志的意思。

"那什么，老哥，你千万别误会，"撒旦赶紧解释，"我是看中你这块地里麦子长势好。不信你看，这是我的画框。"

撒旦小心翼翼地把画框递了过去。

老农接过画框，左掂量右打量，然后猛地朝地上吐了一口唾沫："呸！我当是啥稀罕物呢，这也叫画？什么玩意儿！你小子趁早给我走远点，少在这儿祸害庄稼。"

撒旦万分尴尬地立在那儿，站也不是，走也不是，浑身有嘴都说不清楚。正僵持不下的当口，俞木墩的桑塔纳"吱扭"一声停在了他们面前。木墩下车走过来问："大哥，画够了没？"

撒旦捞着了救命稻草似的忙紧着说："够……够了，够了。"

俞木墩又回身瞟了一眼老农，威严地问："王老五，你待这圪垯干啥？"

王老五把眉头一挑："咋？我自个的地，还不兴我待着？"

俞木墩说："大哥，这是小王庄的，王老五。"

又转回头对王老五说："老五，这是县里从北京请来的干部，在咱县采点呢。"

王老五听了，一脸的倨傲没有了，很谦恭地巴结道："啊，是打北京来的？怪我这草民有眼不识泰山。"

说着，又搓了搓双手，眼睛费劲巴力地笑成一条缝，越发讨好地问："那什么，干部同志，能给说说把今年的白条子快点换成现钱不?"

撒旦不知所措，无言以答，更加尴尬。俞木墩见状，不耐烦地摆摆手说:"行了行了，人家是大画家，搞艺术的，哪管你那些吃喝拉撒的闲事。你赶紧收你的麦去吧。走，大哥，吃了饭，跟我到未庄去钓鱼。"

木墩牵着撒旦的手往车里走，就听见王老五在身后狠狠地"呸"了一声:"什么画家，一点屁事不顶，真是完蛋操了。白吃了那些大米白面。真是完蛋操了。"

撒旦羞得无地自容，三步并作两步，一头钻进车里，逃也似的离开了麦地。6月的南风，刮来麦穗成熟的沙沙声，嬉笑着为逃遁的艺术家送行。满头大汗的撒旦此时才痛彻领悟，麦子只不过是白面，麦子并不是菊花。

"啊啊啊，寂灭吧!"

撒旦痛苦得顿足捶胸。

"啊啊啊，解脱吧!"

撒旦自虐得形销骨立。

可惜他不能解脱，也无法寂灭。走啊走，游啊游，虽然他已经是衣衫褴褛，可是不肯断绝的尘根，却总是蠢蠢欲动着渴望操练欢喜。撒旦不知何处才可以真正皈依。

佛走过的路不是人走的路，禅定的道路上荆棘密布。

深山密林里，扛着画框子行走的撒旦四处化缘，仿佛一个托钵僧。他模仿着先哲灭绝尘欲的办法，摒弃了那条破烂不堪的裤子，不再穿任何东西，免得摩擦刺激起情欲，只用几片树叶穿起来吊在腰上，勉强遮着羞处。

黄昏时分，撒旦来到了一座古寺脚下，远远可以望见朱红的大门和黄绿色的琉璃瓦。撒旦将画框子换了一个肩，抱着最后一丝信念，鼓足力量向上爬去。长满苔藓的滑腻陡峭的山石还是将他重重地摔了下来。撒旦摔得奄奄一息，头磕在了画框子上，血流满面，一下子昏了过去。

待他醒来时，却发现自己已经躺在大殿里边，四周散发着阵阵的佛香。一个小和尚正扶着他的头喂他喝水，一个面相庄严的老方丈端坐于大殿之上。

小和尚见撒旦睁开了眼睛，便高兴地喊了一声："师父，他活了。"

老方丈略微点了一下头，挥了挥手，一个小和尚端着面包和酥油茶送到撒旦跟前。

吃吧，喝吧，

这是禅血禅肉。

老方丈悠扬唱诵着说。

撒旦犹犹疑疑小心翼翼地吃了下去。

老方丈见撒旦意犹未尽的样子，又招了一下手，小和尚端着一盘鲜翠欲滴的人参菩提果放到撒旦面前。

啃吧，嚼吧，

这是禅骨禅筋。

方丈又一次唱诵道。

撒旦放心大胆狼吞虎咽地吃了起来。

待撒旦吃得眼明心净，四肢可以运作自如，方丈这才问道："看施主树叶遮体的样子，被尘欲折磨得好惨哪……敢问小施主来自何方？"

撒旦赶紧跪拜方丈面前，行触脚礼：

"师父圣明，隔岸观火洞悉一切。在下撒旦来自京城，原本是国家特一级先锋画家，老家在河北农村。在下正是为了求解脱，特来大师门下参禅的。"

方丈的面相变得比较和善："嗬，难怪，难怪。艺术家，性灵之火燃得太旺，尘世之中脏病日多，难免就要身染疾疴。依我说，农民的后代，本该安心务农，少要当什么先锋，否则也不至于如此……"

撒旦赶紧低下头去，深深吻着方丈双脚：

"大师，怪我自己误入迷途。难道就没有什么救治之术了吗?"

方丈说："这个倒也不难。心动则性动，心静则性平。小施主不妨留些时日，明早请你参观我们的辰时课诵，借此三省乎己，也许你会悟出个中三昧的。"

"谢师傅!"撒旦立起，鞠了一躬。

"还有，这是我主编的函授教材，《般若波罗蜜佛海无涯金刚普度经》，你先拿一套去预习预习。"

撒旦双手接过一套五本教材，翻了翻，极其虔诚地请教说："敢问大师，这经也可以由人来编吗?"

老方丈一脸的不快："废话! 人不编那经打哪儿来?"

看着撒旦那痴迷的眼神，方丈又补充说："本寺跟社科院宗教所联合创办了禅定函授班，函委会责成老衲编一部通俗易懂的经，供学员学习使用。当然，考试时若按国家教委指定的统一教材答，也可以算对，及格了就可发给大专结业证书，供评定和尚职称时使用。"

撒旦说："噢，原来如此。这真是利国利民，福荫子孙，相当于又一项希望工程啊！"

方丈听了这话，面色略显平和："希望工程倒是不敢妄比，但本地区远距离教育搞得好，庙里的香火的确是一天天旺了呢，登门请求面授辅导的络绎不绝。本寺创收成绩显著，再不用政府每年拨款。这正是贫僧的一大创举，所以人们也授予老僧'先锋'的美名，惭愧，惭愧啊！"

撒旦听得怔怔的，不禁又想起废墟画派当年名噪一时的情景，想起自己的先锋当年勇，一时竟回不出半句话来。

第二日早起，撒旦在树叶围腰外面罩了一件从和尚那里借来的木棉袈裟，匆匆去堂上观和尚们的辰时课诵。

檀香缭绕之中，一排十来个和尚打着莲花坐，敲着小木鱼儿，从头至尾唱诵《般若波罗蜜佛海无涯金刚普度经》第十三章第二十五小节内容，然后又从尾到头默诵一遍。约莫半个时辰过后，方丈便把闭着的眼睛睁开，与和尚们打起了偈语。

方丈问："我是谁？"

悟能说："谁是我？"

悟净说："我是我。"

悟空说："我非我。"

方丈颔首道："嗯，我非我，我非我。"

撒旦心里不禁一动。自己归隐到麦地里后一直没能得解的哲学命题，如今在高僧的几句偈子中寻到了真谛。撒旦泪眼汪汪，亦悲，亦喜。

一阵风从山顶划过，院子里的树叶子发出哗哗的响声。

方丈问："什么在动？"

悟能说："风在动。"

悟净说："山在动。"

悟空说："心在动。"

方丈说："嗯，是心动。"

撒旦不禁大恸，像被揭了壳的螃蟹似的连心带肉一块儿赤裸出来。这场课诵仿佛是专门为自己安排的。难道老方丈是用这种方法来昭示解脱的路径吗？检视自己从前的言行，果然，一切均是心动所致啊！

佛祖啊，老天爷！你可开启了我长满铁锈的心锁了。我怎么会想到去麦地里寻解脱呢？真是缺心眼透了。这下可好，见心成佛，见性成佛。

撒旦惭愧不已，一天闭门不出，思索着改过自新远离尘寰的路径。

过了晚饭时光，又开始了暮时课诵。悟道之后的撒旦又虔诚前往。殿堂之中，一排和尚仍如辰时一样打坐，诵经，方丈也如辰时一样与几个和尚打偈语。

方丈说："我是谁。"

悟能说："谁是我。"

悟净说："我是我。"

悟空说："我非我。"

方丈说："嗯，我非我。"

撒旦听了，点头，不悲，也不喜。

没有风刮过来，也没有什么树叶子在院里沙沙响。

方丈问："什么在动？"

悟能："风在动。"

悟净："山在动。"

悟空："心在动。"

方丈："嗯，是心动。"

撒旦有些不解，课诵为何总是重复同一内容？待课诵结束后，他虔诚地上前请教方丈。方丈瞪了眼睛，反问撒旦："不二法门，难道该有别的讲法不成？"

撒旦惊恐地后退，懊悔自己的造次和无知，心想虽然自己已是秃头，毕竟还是尘根尚未彻底干净，无论如何是参不透如此奥义玄机的。

但有一点又让他觉得奇怪，不知为何方丈总是与那三个和尚问答，别的和尚却都闷头不语？莫非和尚里头也并非全是灵秀，也有自己这样的榆木疙瘩头？

正寻思着，见小和尚悟空猴蹿着从身旁经过，撒旦追上去扯住他，作了一个揖说："敢问小师傅，你为何明了那是心在动？"

悟空见是撒旦，就停下脚步说："是撒师傅啊。我要是把这事儿告诉你，你可千万别对别人说，要不，师父该骂我了。"

"嗯？这还保密吗？"撒旦更加好奇。

悟空往衣襟上抹了把鼻涕说："是师父教我这么说的。师傅要搞课堂观摩教学，明日方圆百里各庙都要派人来参观学习呢。师傅让我们几个把这些功课都记熟，不许说错。"

"噢——"撒旦点了点头，混混沌沌的脑瓜子恍然间从俗世的角度开了窍了。

观摩教学果然搞得很是成功，周围几座山上的和尚们纷纷前来取经，采撷到了真正的先锋火种。课诵结束之后来不及用膳便匆匆告辞，各归山门，急着去传播火焰去了。

老方丈也坐着高空缆车下山，到附近的五区一县进行面授，从头串讲《般若波罗蜜佛海无涯金刚普度经》的内容，对学员进行结业考试前的全面辅导。方丈下山期间，庙里的一切事务暂交与年岁较长的悟能和尚代为处理。

悟能和尚由于属猪，比较贪吃贪睡，貌似愚笨，平日里较受压抑，出风头的事总难轮到头上。人却不知猪方是动物界中智商最高的，一旦得志，才真正地不可一世呢。这次悟能有了一次当家做主的机会，煞是高兴，于是端坐于讲经堂上，按照自己的意愿阐释起教义来了。

悟能说："我是谁？"

悟净说："谁是我？"

悟空说："我是我。"

撒旦说："我非我。"

悟能说："呔！太狂妄了你们，竟敢大胆妄称'我'。'我'只能由讲经的我一个人说，你们要说'你'。明白了吗？再来一遍。"

撒旦几人面面相觑，不敢言语。

悟能说："我是谁？"

悟净说："谁是你？"

悟空说："你是你。"

撒旦说："你非你。"

悟能咧开大嘴，吭哧吭哧笑了："嗯，好，好，接着来，接着来。"

悟能："什么在动？"

悟净："风在动。"

悟空："山在动。"

撒旦："心在动。"

悟能："胡说！哪有什么在动？一个个都瞪着眼睛说瞎话，重说。"

悟能："什么在动？"

悟净："风不动。"

悟空："山不动。"

撒旦："心不动。"

悟能又呼哧呼哧笑了："嗯哈哈哈，这就对了，这就对了。现在是我当家做主，一切就得按照我的方针办。从今天开始，悟净你每天不必诵经，专门负责洗衣服烧饭。悟空呢每天去山下担水打柴，该让别的和尚享受一下打偈的轻闲。至于撒师傅您嘛……"

撒旦赶忙俯首说："惭愧得很。我手无缚鸡之力，除了画画，一无所长。但我诚心诚意愿为本庙的建设做一点贡献。但凡有什么活儿适合我做，大师兄请讲。"

悟能像是思忖了一下，末了说："虽说撒师傅您是半路出家，但您却与我们师父享受同等先锋级待遇，弟子不敢对您老人家妄为。"

撒旦深深低头："大师兄客气了。"

悟能说："可是……您也看见了，我们这里如今人人上岗创收忙，没有空余的编制养活闲人。您会画画，正好，师父早说过要把山里山外的佛像画一画，出一本佛像画集。从今天起，就辛苦您去做这项工作吧。"

撒旦正襟危坐，默默无语。

往后的日子里，月明风清之际，晨钟暮鼓声中，总能看见一个不曾受戒的秃头，每日面佛而坐，固守着一个巨大的画框，修长而白皙的手指在虚空中舞动，不住地画着，摹着。尘埃不但未能从他的肉体上剥落，反而越积越厚，越积越多，渐渐将他的慧性掩埋了。

"我佛，"撒旦仰望佛祖默默祷告，"请昭示我求得解脱的路径吧。"

佛端坐不语。佛只是专心致志地举着他那些变幻无穷的手指头。

撒旦也举起自己苍白的手指，缓缓伸向苍穹。那指尖在香气的熏染之下，渐渐着了色，污浊了。

"我佛，请问我到底能否解脱？"撒旦喃喃自语。

佛不语。佛默默做着一些千奇百怪的手印。

撒旦感到一阵彻骨的心寒。他再次注目凝视。莲花座上的佛脚千篇一律毫无生机，简直可以将它们忽略不计，而那万变莫测的佛手却精雕细琢，并被无限延展，扩大到百，扩大到千，千手千眼，法力无边。

撒旦在虚空里描啊，画啊。多少个寒暑昼夜都在描摹佛手的功课中溜走了，他不知道自己究竟描到了佛的哪一尊，画到了佛手的哪一只。那么缥缈而富有黏度的触角，凡是被沾染上的，都休想再逃得脱。他画到佛手的第一千零一只时，却发现原来又画回到了第一只。

撒旦的手指颓然垂落。他的这双肉手，在巨大的佛手面前变得失去生气，日渐委顿。他感到自己再也挣脱不出这个佛手指画的圆圈。

　　千年万载
　　法度不灭
　　阿弥陀佛
　　阿弥陀佛


　　就在这时，法院的一纸传票千回百转地传到了，传被告撒旦限期到庭。一名叫东方美妇人的提起诉讼，告先锋画派头号代表作品《存在》侵犯了她的隐私权、肖像权。登在《广角日报》1985年12月11日上的那幅《存在》，摄入画框里面的那副身怀六甲的粗腰，正是她当年的身段。那会儿她正跟一个相好的暗结珠胎，是不希望被公之于众的。《存在》竟将其框入画框，又被记者拍摄下来，定格成为一幅蒙娜丽莎脸蛋儿似的那样永恒的存在，四处刊登，用作商业目的，这无疑是对她个人隐私的侵害，她强烈要求作者公开道歉，并给予精神和物质方面的双重赔偿。

　　撒旦手里提着传票，一脸惊诧之余，也暗自觉得庆幸。人世间的巨变看来已经发生。尘世又在向他频频招手呼唤。现实无情而又及时地把他无谓的修行打断，把他扯出那个神秘无限的怪圈，拖回司空见惯的烦闹与喧嚣。

　　先锋的确是不该再隐遁下去了。

　　每一扇窗口都放射出温馨或柔情
　　黄昏中传来行者悠久动人的歌声
　　秃头撒旦在回归的路上踽踽独行

神灵不再替他提那盏指路的红灯
他用心灵为自己释放无限的光明


# 流　亡

风啊风啊始终都在领航
思想已在画布上彻底流亡


　　1995年是多么了不起的年份啊！当年，画家撒旦领着儿子小旦坐在1990年的高空缆车上往上上升时，曾经满怀激情地，向1995年这个方向眺望，充满了无比美好的遐想，多多少少抵消了一些他追忆1985年时产生的黯然神伤。1990年的撒旦当然想象不到，五年以后的艺术时尚究竟发生了多么大的变化，想象不到就在他离城隐遁期间，有那么多的艺术家也都纷纷出走，归隐归进小黄裙，寻根寻得大尘根。海里海外踏浪归来，不管腰缠万贯还是一文不名，都赶紧重新回笼，投入新一轮艺术流通。拍卖热潮眼看着又要掀起来了。

　　撒旦拿着法院的传票，从佛陀传经的路上倒退回城里来的时候，真是有些晕头转向，一点都摸不着北了。1995年春季的城市万象更新，马路上连一片烟花爆竹放过的碎屑和痕迹都没有。正月十五买元宵的人静悄悄地井然有序地排着长队。一切都美好得让人不放心。街头没有标语也没有痰迹，人人都明白自己该做什么该怎样做，吐完了痰以后都小心翼翼地包起来揣进自己兜里。那些盯着行人的嘴巴，等人吐完痰后马上上前罚款的老太太们丢失了专业，一时无所事事，就想出谋生的新招，把单位免费供应的过期避孕套当成乳胶痰袋，在路边向行人廉价兜售。撒旦刚进城门，就被一个老太太堵住了。老太太把避孕套强行往他怀里塞了一大包。

"我离婚了。"撒旦挣脱着说，"我都禁欲好几年了，我不需要这小套套。"

"你真傻蛋，"老太太说，"这是痰袋，全市人民都得随身带着的。公家卖的五毛一个，吐一口痰就得浪费掉五毛钱。我这个便宜，卖你两毛，这一包十个，你给我两块就得。"

"我没有钱。"撒旦说，"我好久都没有摸过钱了。"

"呸！这土老帽儿，没钱不早说，瞎耽误工夫。一瞅你就像个外地人口，不消消停停在家种地，往城里边瞎跑什么！城里的社会治安全让你们这些人给搅和坏了。"

"我不是外地的，我就是这城里头的，"撒旦很执拗地辩解说，"东方美妇人跟我打官司，我就是为这事回来的。"

"咦——"老太太深藏在褶皱层中的小眼睛立刻瞪大了，"这么说你就是那个叫傻什么的画家啦？你的官司全市人民都知道啦，戏匣子里天天说，晚报上也天天报呢……"

老太太说着咳嗽了一下，瞅瞅四下无人，便进一步凑到撒旦耳边说："孩子，我看你像个缺点心眼儿的人，当心吃了亏！那个女人，谁不知道她是个臭婊子，还不知道跟多少男人睡过呢，光离婚就离了五次，听说现在又傍上大款啦，给包养得又肥又胖的……"

"天快黑了，我还要赶路呢。"撒旦不愿听老太太絮絮叨叨，把那包乳胶套塞回老太太怀里，头也不回地往前走。

"哎哎哎，我说孩子，"老太太喊着追了上来，又把避孕套塞回给他，"这一包，算是大娘我白送给你的，可怜见儿的，被那么个狐狸精给缠上了。揣好喽，别再推搡了，看见了没有，前边就是一个检查站，没有痰袋不让进城。早些年那骡马大车不挂粪兜不是也不让进城吗？这叫保持环境卫生。"

撒旦怀揣一包避孕套，顺利通过了关卡的检查，在苍茫暮色之中扛着画框子走进了城。虽然已经进入春天，傍晚的风还是刮得挺硬，像刀子一样把脸割得生疼。大街小巷全亮起暖色调的灯。一个挨着一个的馆子里，不时飘出炖肉的香味，还有猜拳行令卡拉OK的声响。隔着玻璃看到那些油乎乎的不停翕动的嘴，撒旦的嘴巴也禁不住上下开合空嚼起来。他这才感到肚子饿了。

"我该就地化点缘了。"他想。

于是他在地铁入口那儿，就着明亮的光线摆好了画框，以很规范的打坐姿势端坐于阶上，安心等待着善者的布施。

一双双多姿多彩的脚在他的眼下匆匆走过，没有一双脚在他面前停留。人们对这种化缘仿佛司空见惯，不屑一顾。

饥肠辘辘的撒旦不禁感慨万端。城里人真是越发冷漠了。到底是乡下人心善哪，在乡下化缘时从没有过遭拒的时候，至少还能得到一碗残羹剩饭呢。

终于有一双尖头皮鞋向他走过来了。撒旦双手合十，恭敬地问道："这位师傅，要画张像吗？"

"画你妈个屁！"一声吼叫炸雷似的在撒旦头顶劈响，"我说下面几级台阶上的小花子们怎么要不到钱了呢！原来都是你这秃子在上面截留了。知不知道这是谁的地盘？懂不懂点规矩你？"

"我……只想换碗饭吃，并没有想抢你们的生意……"

"哼，还不给我快滚！要营业，先在大爷我这儿磕头、办照，懂吗?"

尖头皮鞋抬起腿来一脚就把画框踢飞。撒旦仓皇逃去捡了起来，用袖子细心地擦拭掉框上的泥土，小心翼翼地扛在肩上。

"快滚！下次再让我遇上你，揍死你丫的。"尖头皮鞋恶狠狠地骂着。

撒旦跌跌撞撞离开地铁站口，不知此时应该向何处走。读报的小贩在寒风里大声吆喝着，急着尽快卖完手里的晚报收摊回家。撒旦瞟了一眼，见头版显眼处登着一幅巨大的《存在》，里面照下的正是东方美妇人当年腰围隆起的倩影，旁边记述着这场官司的由来始末以及美妇人的现状。

小贩见撒旦立在摊前盯盯地看着，就热情地将报纸递到他手中。撒旦浑身上下摸了一遍，做出一副找不出零钱的姿态，把报纸又还给了摊主。

"傻×。"摊主望着远去的撒旦愤愤地骂了一句。

撒旦却充耳不闻。他已经从报上看到了美妇人的住址，是在西南方向的一座别墅之内。撒旦整了整精神，迈步朝那个方向走了下去。他想，他应该会一会这个把他从修行的路上拉回俗世的人，说什么他也得先会一会。

门开处，一个脸上正覆着一层厚厚面膜的女人探出头来，撒旦吓了一跳，以为遇见了妖怪。女人见了撒旦，止不住欢呼："哟，我的撒旦好兄弟！可把你给盼来了!"

东方美妇人大呼小叫着把筋疲力尽带着一脸莫名其妙的撒旦搂进屋去。

鸡皮鸭皮屁特他们哥儿几个是从各种传闻媒介中得知撒旦摊上了官司后纷纷从各地赶来的。东方美妇人被侵权一案是公民权益保障法公布实施以后的第一桩官司。这样的案子千载难逢，哪个记者都不甘心落后要爆炒它一把。案子中的原告不是别人，而是在1985年红得发紫的电影明星兼时装模特东方美妇人。案子的被告也不是别人，而恰恰是撒旦这么个在1985年的画坛上领过短命风骚的先锋倒霉蛋。案子所指的又不是别的，而是载入先锋艺术史册的巨作《存在》侵犯了人家的隐私。那隐私又不是别的，而是东方美妇人那明显隆起的肚子。而使其肚子隆起的始乱她终弃她的那个人不是别个，正是从1985年的先锋派场记壮大成长为1995年的后先锋导演、正威震着世界影坛的某某男。

　　旁听这种案子简直比看电影和观画展还要激动人心，谁能无动于衷，不为男女主人公的命运费着一把神呢？

　　而让鸡皮他们兄弟几个感兴趣的倒不是东方美妇人的肚子直径到底有多么大。他们感到激动的是废墟画派在这个艺术寂寞、画框子掉在地上摔不出一声响的时代重被提及，他们大哥的作品被当成了官司打。想想看，虽然报章传闻中频频出现的总是撒旦一人的名字，可单单是重复率极高的"废墟"两字不就把他们哥儿几个全包括在里边了吗？过去的荣耀霎时间全回到眼前来了。到什么时候都得当艺术家啊！艺术家是永远不会被人民给忘记的呀！咱们干吗不趁舆论炒得热火的时候赶回我撒旦大哥身边，去助他一臂之力呢？说不定能在法庭上当个人证物证什么的。哪怕只是旁听，也可以在摄像机前被照一照啊，何必在海里海外三孙子似的受气？

　　待到记者采访起来，咱们可怎样解释重返艺坛的动机呢？

鸡皮想：我就说，商海无边，回头是岸。

鸭皮想：我就说，学成归来报效祖国。

屁特想：我就说，艺术至上，永不迷惘。

当这些从海里海外麦地庙里归来的废墟兄弟们重新聚到一起的时候，他们是多么的百感交集、痛哭并且流着涕啊！

鸡皮说："大哥，我想你想得好苦哇！通过这么些年的下海实践，我可是深刻体会到了，只有艺术才能使艺术家像个人样啊！离了艺术，我哪还算个人了，整个儿就是个煺了毛的鸡啊！"

鸭皮说："大哥，我后悔当初不该走啊！离开了咱的本土根据地，哪还有谁待见咱们，把咱当人使？我也只能是给人家端盘子洗碗，做芥末鸭掌的料了。"

屁特说："我算明白了，大哥，咱不从艺术上崛起还能从哪儿崛起？手里没有艺术，我再怎么折腾都是放的没味的屁，没人看没人理啊！害得我只好打架泡妞酗酒吸毒以示叛逆，结果只能是给逮进局子里头蹲着。这回我算是真明白了，要叛逆还是从艺术上叛才有声誉啊！"

撒旦说："我也不比你们好多少，我把自古文人雅士失意之后的去处都走了一遍，钻过麦地，也当过和尚，结果，也是处处受挤对，末了还是得乖乖地还阳返俗。搞什么也不如搞艺术，当什么也不如当个艺术家光荣体面哪！"

弟兄几个擦干了眼泪，不住地点头。

鸡皮说："大哥，我真后悔当初辛辛苦苦创立的废墟画派，因为点鸡毛蒜皮的小事就轻易散伙了。当初我们领过多大的风骚啊！一想起这个，我都能从梦中乐醒。"

鸭皮说："咱们再把艺术沙龙砌起来吧，个人单干是成不了气候的。"

屁特说："如今风没有了，只剩了一身骚，谁还愿再来投奔我们？"

撒旦说："是啊是啊，活着还是死去，这还是一个问题。要么我们名垂青史，要么我们卖个好价钱。"

众人听了，你看看我，我看看你，最后拍着巴掌，齐声说了一句："干！"


东方美妇人吊在光头撒旦的脖子上，甜腻腻地撒着娇说："撒旦哟我的好兄弟，你怎么会猜到姐姐我设计这场官司的良苦用心？实话跟你说吧，那些鼓噪的记者，全是我拿钱雇的，你我二人的律师，也是我拿钱请的。你想想，有谁还会记得1985年的艺术明星呢？我这样做，纯粹是为了我们俩的复出做广告呢。"

撒旦听得目瞪口呆，一面顽强抵御美妇人肉体的侵袭，一面暗中佩服美妇人的心计和大胆。他恍惚记得这位电影金猫奖得主已经息影多年，也不再穿着时装上台表演。那时她曾经开过一次告别演出新闻发布会，会后大小报纸上都发了整版报道文章，套红通栏标题这样写着：

> 没有合适的片子宁可不演
> 没有合适的衣服宁可不穿

打那儿以后，几乎所有没有片约无戏可演上不了台的演员模特们都仿而效之，不断地重复念叨这两句话，把它们贴在脸蛋儿上当成座右铭。那群男男女女也学美妇人的样子，傍大款，做小蜜，被包养，可是却总也经营不出美妇人那么多的花花样来。比如说美妇人息影封台后，不久名字就在《经济金融时报》上频频出现，说她在商业领域里又成了一朵红花，经营着房地产、汽车行、服装鞋帽化妆品公司，还享有进出口贸易自主权，海内外的动产不动产高达几十个亿，已经跻身于全球最富华人行列之中。

影星们真个看得眼热心跳起来。都是同时出道的，论脸蛋儿，谁的又不比谁的差，她怎么就发了我们怎么就该活活憋着？于是就呼啦一下子，那一年影视明星们傍款成风，股票市场上频频闪现着俊男靓女们的倩影。谁谁都想一下子暴发，以期把美妇人张狂的气势给平压下去。

就在他们东串西串积聚财产，与美妇人进行狂热比较的时候，却不料美妇人笔锋一转，策划着打起艺坛官司来了。这一招绝活可是没人敢妄比了，星星们一时都口不服心也服。但凡是怀了鬼胎的，藏还都藏不住呢，哪还敢往外兜往外讲？有几个敢用凸起的肚子做自己的广告包装，同时还把播种的主人以及一串串名人名角一同牵扯上？这种女人，够辣，也够骚的，还是别再仿效了，消消停停一点为好。

可美妇人却不这么想。美妇人像是看破了撒旦心思似的，叉开华贵的真丝软缎旗袍，在撒旦的腿上荡着说："你是不是以为我很下作，什么都敢拿出去卖？我这也是被逼无奈，逼上梁山了。谁不想永远当明星，永远被人捧着？你不是也希望永远先锋吗？来吧，让我们一起合作吧……"

美妇人把脸贴上来，撒旦仓促躲避着。透过那层浓妆艳抹，撒旦闻到了一股残酷的美人迟暮感觉。那种气息一层一层地扩大，一直逼近他的神经末梢。美妇人，以及他自己，眼看就要成为明日黄花了。或许还可以做做最后的挣扎，来他个再度辉煌？

"嗯，你还迟疑什么？"美妇人略显不快地扬了扬眉梢，"你可要知道，老娘可是个薄情寡义的家伙，不跟我合作，得罪了我，这场官司可别怪我假戏真做。别再傻蛋了，来吧……"

撒旦别无选择，只能随着美妇人的牵引，仓促上马，用尽心力侍奉着。乳胶痰袋从他怀里滑落下来，散落在名贵的波斯地毯上。

那条"贵夫人"小狗从客厅跑进，看了看床上胶着状态的一对男女，又低头用前爪把痰袋一个个撕开，显得莫名其妙而又一脸的无奈。

废墟画派的一帮兄弟们仍在为如何复出而一筹莫展。

鸡皮说："现如今什么人都敢到中国美术馆去办个展，真是'山中无老虎，猴子称霸王'，趁我们先锋不在，后卫们要撑起天来了。我们该怎么收拾这等局面？"

鸭皮说："只要有钱，什么东西画不出来？罗浮宫算什么？西斯廷教堂算得了什么？我能把咱紫禁城故宫从里到外重新描龙绣凤画一遍。"

屁特说："我操，那些丫挺的哪里是在办什么画展，那是在显摆钱呢。有钱人给他们背后撑腰，什么臭手不能支士，我用脚画的也比他们用手画的强。"

撒旦说："哥儿几个走了那么些弯道，经了那么些曲折，好不容易重新走到一起来了，光发牢骚也没有用，咱们不能光看着别人发迹自己眼红，还是应该想点实际的步骤啊！"

鸡皮说："大哥，有句话我说出来你别生气，报上说你和东方美妇人通过一场官司，达到了美的发现和契合。那女的可是个亿万富婆啊！她身上一根汗毛可都比咱们的腰粗。您能不能让她拔下一根来，赞助赞助，那样咱们就能把画展办到香港以至东南亚华人区去。"

撒旦听了，脸色一阴："你少提那娘儿们，再说我就跟你急。"

哥儿几个都不敢再说什么了，面面相觑着，又没了主意。

撒旦在心里头暗暗把美妇人恨得咬牙切齿。就因为他暂时要在她那里寄生，她就可以由着性子地摆弄他，把他像一条狗似的呼来唤去。

"傻蛋，上来。"

秃头撒旦和她那条纯种狗就摇头摆尾地扑了上来。

"傻蛋，下去。"

秃头撒旦和那条改名也叫傻蛋的纯种狗就得下去围着她转圈儿。

美妇人正处于内分泌超常、各方面欲望都很强盛的年龄段，她没黑价没白日地对撒旦小伙要求着。撒旦横着竖着蹲着倒着正着反着地侍候着干，一次比一次没劲头，一天比一天更疲软。只有当她欲炫耀半老风姿，主动给他当模特让他作画的时候，撒旦才算有了个恢复心理平衡的机会，借机把她支使得团团乱转，也横着也竖着也蹲着也倒着也正着也反着，让她的每个姿势摆放都停留好长时间。只有在这时候，撒旦心里才能涌起一丝自主的快意，兴奋无比地在心里头大叫：

"我要用我的画笔干死你！"

美妇人对这一切毫无觉察，依旧顾影自怜地搔首弄姿。或许是由于久不练功的缘故，她的腹部肚囊已经微微堆积，失去弹性的乳房也软软地吊在胸脯上垂着。这样一副胴体早已激不起画家撒旦的任何美感，剩下的，只是一种由衷的悲悯和怜惜。

美妇人换了个姿势，扬起手里的烟杆，悠然地吐着烟圈儿，仿佛是漫不经心地问撒旦："听说你们的废墟画派十分地想东山再起，正准备着搞一个画展是吗？大致需要多少钱？也许我能帮上忙。"

撒旦听了暗暗叫苦，心想一定是兄弟当中的某一个在背后求过美妇人，把要搞画展的事透露给她的。这小贱人，控制了我这人还不够，还要把我的艺术也牢牢控制住，真他妈的不是个物！

"到底需要多少？难道你不愿告诉我？"美妇人又问。

"啊，不，不用了。"撒旦心里说，烂货，你那点生活费是怎么从那老王八蛋手里抠出来的我还不清楚吗？别在我面前充大头了。

"不用，真的不用。你那点钱来得也不容易。"

"放屁！"美妇人甩掉烟嘴，暴跳起来，"你这么说是瞧不起我！那老×到处拿我的名义做宣传，他公司里有我绝大多数股份，我支出一笔赞助费来有什么了不起的！我还非帮你们不可了，让你也见识见识老娘的真本事，我可不是白被人养着吃闲饭的。"

撒旦动了动嘴，没能说得出话来。


画展正紧锣密鼓地准备着。兄弟几个敛心静气，处心积虑冲向市场，殷切渴望再度辉煌。

《啊，我那遥远的红卫兵时代》：作者鸡皮。画布上废墟的烂泥和尿臊味仍旧存在着。鸡皮在烂泥上零星点缀了不少野花，花儿在尿水的滋养下分外美丽。每个花蕊里都藏上一枚小电珠，花瓣涂上了荧光粉，接通电源之后，小电珠一眨一眨地贼亮，荧光粉反射出幽幽的光芒。

作者画面题诗：

> 昨日的岁月散发着野味的芳菲
> 啊，放光辉，放光辉

《人与牛》：作者鸭皮。人与牛不再互相缠绕交错，身形已经截然分开有了显著区别。人类满面红光，虔诚地跪拜在牛脚下等着捡拾牛粪，牛怡然自得地吃着麦子，硕大的乳房下面唰唰地往外冒奶。

作者画面题词：

> 吃的是麦，挤出来的是奶。

《行走》：作者屁特。羊群已翻过个来正步走，脚上清一色全穿着猪皮鞋。羊毛回到了羊身上。乌克兰猪含辛茹苦地一前一后放牧，公猪在前领路，母猪保驾殿后。乌克兰小猪一蹦一跳地跟在后头，手里高高地举着一块招牌：

> 吃火锅，没有调料怎么行。

《活着》：作者撒旦。画框子镶上了实心，画布上涂满红粉。撒旦脱光衣服，赤身裸体地躺了上去，印出一个模糊不清、污污突突的白印。红色混沌之中，那人形仿佛是赤裸透明的，又仿佛穿着很厚重的外壳。那两腿中间题上了一行红字：

我与我的影子交媾。

兄弟几个在一旁看着撒旦干活，胡乱鼓着掌。

鸡皮看了说："大哥，可没听说谁能自操自的。"

鸭皮说："文明点，那叫手淫。"

屁特说："自给自足，活得享福。"

撒旦说："去你妈的。别招我怒。"

《中国大百科全书·文艺卷·H类》记载：H；后；后先锋；后写虚主义；后卫画派：成立于90年代中期。代表人物：鸡皮、鸭皮、屁特、撒旦。代表作：《啊，我那遥远的红卫兵时代》，《人与牛》，《行走》，《活着》。影响或贡献：煎炒烹炸俱佳，呈后卫状，做波普科，是现代主义向现实主义的复归，错位以后的断肢再植重新对位。在发展捍卫传统绘画语言方面担当起最坚实的后卫。

（跨世纪出版社，2001年版，第2000页。）

"后卫画展"获得了空前的成功。美术馆前来参观者络绎不绝，门票一涨再涨。依旧抵挡不住人民群众万分高涨的情绪，不出一个月，就把美妇人赞助的二十万元收回来了，以后的日子，就坐等着收钱。人民大众衣食父母在《活着》面前停下脚步，久久伫立着不忍离去。老先生老太太们不时掏出手帕来揩着鼻涕，一个个都看得泪眼模糊，扯住撒旦的手呜咽着说："活着多好哇！能活着就已经不错了。你以为活着很容易吗？想想过去……看看现在……争什么这个权利那个利益的，都是让大米白面给撑的。孩子啊，你可好好地活着吧。"

1995年的艺坛上登时又掀起一股后卫浪潮。艺术家们开始后悔自己从前没深没浅、十分造次的叛逆行为，重又开始洗心革面，规规矩矩做起仿古忆旧文章，艺坛上一时怀旧情绪高涨。以前被他们瞧不起横遭唾弃的老头衫大裤衩什么的，全部又捡回来穿上了。踹倒的神像也赶紧扶起来重新供上。古墓古穴一个劲儿地被盗，倒卖国粹运动开展得蓬蓬勃勃，脚踏东西半球、手做宇宙文章的人越来越多，艺术家们都感到世纪末的地球，正被自己那黄色如椽的巨笔，给捣得一个劲儿地颤悠。


　　冲冲冲
　　我们是新时代的后卫
　　冲冲冲
　　我们是新时代的后先锋


激动人心的歌曲，在1995年夏天的空气中到处传诵着。

那个当年拍下《存在》中东方美妇人倩影的好事的记者又扛着器材来采访，请撒旦他们哥儿几个谈谈当后卫的感觉。

撒旦横躺在《活着》下面，漫不经心地说："后卫嘛，就是一点什么感觉都没有的意思。"

鸡皮说："老兄，行行好，一场官司你已经跟我们出了大名了，你还想怎么着?"

鸭皮说:"你老哥那份报纸销售都快突破五十万份了，您老人家也成了名记者，还不知足哇?"

屁特说:"你呀，一边凉快凉快，别搁这儿添乱，让大爷几个消消停停赚点钱，成不?"

老记灰溜溜的，碰了一脑袋钉子，只好转头去找东方美妇人，制作有关她现状的专题文章。美妇人最初设计那场官司时，首先拿钱将这个老记买断，两人精心策划，要循序渐进，按部就班地将官司掀起三次波澜，达到最终的高潮之后，要见好就收，戛然止住，就说是当事人双方同意协调解决，让官司青天白日地自生自灭就得了。

每次全国各地的报刊上有关美妇人的报道，都是由老记先写出个通稿，然后传真发往各方，请各报兄弟们帮忙改写后四处发表。

美妇人对老记的经营业绩感到满意，决定将稿费给他增加到每千字一百五十元。老记点头鞠躬，感激不尽，赶忙抽出纸笔肃立着，问女王有什么新的口谕。

美妇人说，她的心血终于没有白费。官司策划得很成功，最近以来她的片约不断，导演们总算是记起了她这位当年的红星。

时装模特队也要邀请她去当教练。最令她感动的，是那位在她的身体上成长起来的第九代导演也感念起旧情，专门为她准备了一百〇八集的《王母娘娘》，让她从一岁一直拍到一百〇八岁，把天上人间的美好外景地全都走遍，以此作为他对她负心的一点报偿。

美妇人说得潸然泪下，老记也感动得笔在颤抖。他赶紧擦了擦眼泪，将这条影视动态逐字记下，立即赶回报社发稿。

但是还有一点美妇人隐藏着没向老记披露，那就是第九代导演提出了一个条件，希望她进剧组的同时能带上二百万元赞助费来，否则的话资金不到位，《王母娘娘》也就没法开拍。

万般无奈之中，美妇人还得张嘴去求包养着她的大款，希望他能打开保险柜，把属于她的那部分钱让她拿出来。

美妇人却没有想到，那大款老谋深算，也不是个吃素的主。在她刚刚掀起官司之初，大款就瞅准时机，暗中到第九代导演那里，狠狠敲了一笔竹杠，胁迫那位导演免费为他带来的一个唱歌的甜妹子制作MTV。那位导演做的MTV，每集开价都在五十万元以上，做谁谁红。大款威胁导演，若不给做，就和美妇人一道把他彻底搞臭，别再想在中国这块地界上拍出片子。

导演愤慨不已，可又敢怒不敢言，对大款的商业垄断深怀惧心。他以为这一定是美妇人与大款合计好了才这么干。左思右想，才想出个拍《王母娘娘》的主意，想在美妇人身上诓骗一下，把制作MTV蒙受的经济损失再捞回来。

大款见美妇人又来要钱，立刻就猜中了这里边所藏的文章，不由得一阵阵地感到腻烦。其实他心里早就腻烦了。东方美妇人老珠黄，已经失去了味道，广告宣传也用不着她这半老徐娘了。他新近已在别处金屋藏娇，养的正是那个想要捧红的甜妹子。至于美妇人，爱怎么着就怎么着吧，钱是当然不能让她拿到手喽，免得她也去养什么画家小白脸儿的。

美妇人和大款为钱的争斗如火如荼，旷日持久。

撒旦是在两个月以后，在港报上得知美妇人自毙的消息的。当时他正在香港办画展。大小报上都写得花里胡哨，据说是美妇人跟甜妹子争风吃醋,大打出手,不慎跌到水果刀上,心脏刺破身亡。当然,这种事情发生在1995年显得十分稀松平常。赛场上赢不过对手就刀刺相见,艺术上写不出新作就自杀身亡,在这么个人心浮动的年份,死变得非常容易了。

撒旦没能回大陆给美妇人送葬。冥冥之中那刀子仿佛也扎到了他的心脏上,让他体验到胸口上一种永远的痛。

一个月以后传出好消息,后卫画派的几幅珍品都以上千万港元的价格拍卖成交。鸡皮的《啊,我那遥远的红卫兵时代》被第八代导演托人买走,并将它改编成新写虚主义电影,准备拿去问鼎奥斯卡金像奖。主题歌盒式带先期投放大陆市场,男女老少全都学会了唱。

鸭皮的《人与牛》被内蒙古一农场看中,花高价买去做职工政治思想工作教材,宣传人与畜生之间的友爱亲善和睦相处。

屁特的《行走》被一澳大利亚商人当作最新商业情报买去,研究如何提高羊毛的质量和产量。

撒旦的《活着》未来得及参与拍卖,给抽去参加大陆油画单年展。德高望重的评委们一致说好,多少年没看到这么好的画了,自大千悲鸿以降,能达到这么高造诣的画家已经很少了,画风朴拙、严谨,不像别的年轻人那么花里胡哨的。这画本身就是教育青年的好材料啊!

最后结果,评委们一致推举《活着》获得本届画展金奖。《活着》立刻身价倍增,原件被收为美术馆馆藏,复制品制成各种大小不等的明信片在街头巷尾出售。撒旦为此获得了一笔巨大的版税收入,足够他今生来世挥霍享用。

一张张印刷精美的《活着》在邮局的传送带上翻飞舞动,邮检员手握小锤，熟练地在每一张上面敲上邮戳，黑色印泥渐渐盖遍了画面的每一角落，那个灰白的影子痛苦扭曲着，变得畸形、萎缩了。

撒旦仿佛是得到了什么感应，连日来一直头痛欲裂，一阵猛似一阵的神经抽痛折磨得他半死不活。他实在是不能忍受下去了，猛然间咬着牙站起来，揣上刀子和老虎钳，趁着月黑风高，悄悄翻墙潜进美术馆。

一丝微光从天井透下来，《活着》正贴着墙根阴森古怪地立着。撒旦有些毛骨悚然，一口寒气呛得他手脚冰凉。他努力咬紧牙关，哆哆嗦嗦地掏出裁纸刀，满怀恐惧地把《活着》按倒，然后，用刀子一点一点地割起来。

画布割掉了，画框子卸了下来。撒旦扛起他心爱的画框，把那一堆不具形状的画布扔在了地上。

"就让这混沌破碎的影子，留作美术史上永久的封藏吧。"撒旦踢了一脚画布，在心里默默地祷告。他扛着画框，翻身跃出高墙。

秋夜的寒风，从无所不在的方向吹来，在撒旦的长发上伫立，打了一个旋儿，穿过他的画框子，慢慢远去了。谁家的窗子里，正悠悠飘着那首电影主题曲：

昨天的岁月散发着野味的芳菲

啊，放光辉，放光辉……

那种黏稠的歌声，躲不去，挥不开。

歌声如梦。恍然之间，撒旦发现自己已不知不觉来到废墟。

黑沉沉的夜里，风一阵比一阵刮得紧，更显出废墟的一片死寂。撒旦瑟缩着身子，哆哆嗦嗦刚一踏上废墟，蓦地，脚下一块木板轰然塌落，一连串的机关"啪啪啪"地自动开启，灯一盏接一盏地亮了，天地间霎时一片耀眼的灰白，笙箫管乐一齐奏响，荒凉百年的废墟上竟奇迹般凸现出一座喧嚣的仿古乐园！

撒旦目瞪口呆，正在暗自吃惊，却见康熙和乾隆迈着帝王的方步向他走来，不由分说，搜刮干净他兜里所有的现金，生拉硬拽把他拖进园去。正盘腿坐在炕上交流着垂帘听政经验的武则天和慈禧，一见撒旦进来，忙招呼他脱鞋上炕。大太监李莲英颠儿颠儿地忙不迭地端来精粉窝头和热乎豆汁儿。小蜡人苏麻喇姑脸色绯红，半蹲半跪着送上擦脸毛巾。后宫三千粉黛走马灯似的从台子上一一转过，幽幽怨怨的媚眼秋波快要把撒旦给淹迷瞪了。

撒旦惊惶地后退，一个趔趄，不小心踏响了又一个机关，传送带嗖嗖嗖立即把他输送到特洛伊电动旋转木马上。美女海伦从马肚子里探出头来，抱住撒旦的脚丫使劲儿亲吻，直舔得撒旦难以自持欲仙欲死，双腿用力夹紧马肚子猛地一磕，木马受惊尥了一个蹶子，忽的一道曲线把他抛上了迪士尼高速过山车。

呼啸的过山车，嘎嘎嘎箭一般在钢轨上飞射，撒旦的身体俯仰离合，五脏六腑都急遽地抽动、翻卷着。他听见自己的欲望在下腹内很响地叫了一下，火辣辣，热烘烘的。撒旦不由得痛苦而又无助地呻吟一声："影子啊，快回到我的身体里来吧……"

随即，他用力掰开了身上的安全带。

轰隆隆的巨响戛然而止。仿古乐园登时绽满了无数殷红的花朵，流淌出一地的绚烂和蓬勃。

那个四方画框，完好无损地甩了出去，很孤独地躺在几百米以外的地方。

次日清晨，一个下夜班回家的人路过此地，捡到了这个框子。他举起画框仔细打量，见它的内侧边缘，刻了两行很小的字迹：

　　　　我要以我断代的形式，撰写一部美术的编年史。

那人莫名其妙，琢磨着用它能做点什么。拎回家后，他终于想到，把它改造成搁置洗衣机和电冰箱的托架，装上滑轮和螺丝，便可以随意调节大小，并能向前后左右方向自由转动。

那人因此获得很大一笔专利发明奖。

《人民文学》1994 年第 6 期

# 双鱼星座

徐小斌

双鱼星座，黄道十二宫的最后一个星座。

神秘的海王星主宰着这一星座。海王星是一切艺术灵感的发源地。因此，出生在这一生辰星位的人，敏感、神秘、耽于幻想，经常在只有冥想而无行动的特殊意境中生活。假若它是男性，则有一种天真、忠厚的气质，有乌托邦思想倾向，但也常常会有一种惰性和优柔寡断。假若它是女性，则有一种奇异的魅力，她异常渴望爱情，她的一生只幻想着一件事，那就是爱和被爱——爱情，是她生命的唯一动力。她虽然聪明绝顶，但很可能一事无成：因为脆弱、漫不经心、自由放任会毁掉她的灵性；而她幻想中的爱情则充斥着危险——那是所罗门的瓶子，一旦禁锢的魔鬼溜出瓶子，便会在毁掉别人的同时，毁掉她自身。

想象力丰富的双鱼座人说：我相信。

表达爱情的方式：被动的。

是一个：感情纯真的人。

渴望：爱的欢乐。

弱点：不会说"不"字。

喜欢：幻想。

害怕：被遗忘。

寻求：捷径。

秉性：听任自然。

假期生活：海边。

开支：心中无数。

吉祥物：马头鱼尾怪兽。

吉祥植物：一切能引起幻觉的水生植物。

吉祥宝石：翡翠。

吉祥日：星期四。

吉祥色彩：水色。

吉祥数字：9。

理想居住地：埃及。波斯。巴厘岛。火奴鲁鲁。

出生在双鱼座的大人物：爱因斯坦。施特劳斯。米开朗琪罗。哥白尼。雨果。肖邦。拉威尔。周恩来。

出生在双鱼座的小人物：卜零。

# 1

那一轮星座就挂在对面的山墙上。

薄而纤弱的空气丝绸一般抖动着，整个夜晚飘浮在一片倒影和反光之中，玻璃鱼缸一样的衬托出一对浮动的鱼——那是星星的网结成的。星星珠串一般穿起两个菱形的脉络，宁静而精致。

记不清多长时间了，卜零眼里的星星似乎蒙上了一层陈旧的颜色，她看不见那银色甲壳虫似的闪烁，只能看到失去光泽的星体，蒙受着一层陈年旧色，像一张旧照片那样平面而泛黄。这种失去光泽的星星令人恐惧。韦说你的视网膜出问题了，你得去医院看看。韦反复说了多次。卜零总是答应着，但一到清早就忘了。毕竟，白昼比黑夜的时间要长。

卜零在一家市级电视台写剧本。她写的剧本，大半都不能用。侥幸上了一两集的单本戏，还被排在零点以后播出。哪个导演也不愿接她的本子。譬如有一次她在开场戏中写道：日。外。河边。春天，踏着湿漉漉的脚步走来了。又如，她这样形容男主人公：他的外衣和灵魂都是灰色的，像一条灰色河流中的水分子。

剧组里的人短不了拿这样的本子开玩笑。卜零也从不到剧组去。所以，实行全员聘任制的方案刚一出台，卜零就知道自己的饭碗快要保不住了。

幸好，那一轮星座每天晚上都如期而至，可以很长时间地吸引卜零的目光。不必说话，也不必麻烦别人。

后来卜零知道那叠在一起的两个菱形是双鱼星座，正是属于她的生辰星位。

## 2

韦不知什么时候已经坐上专车了。

有一天黄昏，卜零像平常那样走上阳台去眺望远方尚未出现的星星，一辆小轿车静静驶来，暗绿色萤火虫似的。一个年轻的司机轻捷地跳下来，很恭敬地打开车门，韦便从容不迫地下了车。韦挺胸凸腹的派头正好与司机的谦恭态度形成反差。

卜零当时强烈地感觉到韦缺一双男式高跟皮鞋。很奇怪，C

市这两年像是接到了什么统一命令似的，男士的鞋跟一律不再隆起。卜零为此曾专程跑到一家日制皮鞋专卖店，花了七百多元买了一双四十三码的高价男鞋，据说是日本直接进口的。很虔诚地请韦试过了，即使是鞋跟鞋尖塞满了棉花，依然是大。卜零对一切数字都只有模糊概念，包括避孕套的大小型号。韦便半开玩笑地说：恐怕不是给我买的吧？是不是还在想着一米八二？

　　一米八二是他们夫妻间一个约定俗成的符号。很简单，卜零过去的男朋友身高一米八二。韦把卜零从他手里夺过来颇费了一番心思，因此总是耿耿于怀。韦在今天姑娘们的眼中属于"全残"，但卜零却对此视而不见。卜零从来不重视过去时。因此当她头一次看到那失去光泽的星星时吓了一跳，以为是上天给予她的某种启示。

　　后来一米八二到南方的一家公司里当了总经理。前些年曾携带大量钱财珠宝来到C市，所有看到他的熟人都认为他将和卜零鸳梦重温。实际上也是这样，他找到卜零，嗫嚅着对她说，过去的观念太陈旧了，好像爱就非得结婚似的。实际上他们完全可以成为不必结婚的爱人。他把卜零搂进怀里，吻她。他的脸涨得血红，他的手烫得她皮肤生疼，但她的身体却始终是冰凉的，脸色惨白如同冰雪。待他脸上的潮红渐渐褪去，她客气而冷淡地把他送到门厅，她的目光越过他看着他身后的门。那门竟缓缓地洞开了：韦不合时宜地夹着公文包走进来。韦和一米八二擦肩而过的时候，她迅速而又准确地计算了一下，他们大约相差十三四厘米的样子。（当然，依然是模糊概念）那时韦还在一家政府机关里做小职员，穿着很寒酸。

　　韦什么也没说。甚至连一句话都没问。卜零返回到沙发上坐了下来，捡起织了半截的毛衣。这是深灰和浅褐两色线织成的玉蜀黍花。卜零耐心地织着，一粒粒的玉蜀黍花在她手下凸起。后来她织成了一件十分时髦的大毛衣。但是韦穿在身上像个口袋。当天晚上韦下班之后就把毛衣脱了。韦脱掉了这件大毛衣之后便拒绝卜零为他购买的所有衣物。至今这件大毛衣依然静静地躺在柜橱里，发出一股强烈的樟脑味。

不过那时韦依然很尊崇卜零。韦惊奇写剧本的人能在一张张白纸上从无到有地变出些黑字。韦从不在乎那些黑字说的是什么。

### 3

直到韦调到一家大公司。一天深夜韦从一家歌舞厅回来，一边还在回味着鹿鞭的香味。韦看到卜零正坐在窗前写一个剧本。他看到那些枯燥的黑字源源不断地从她手下流出，忽然感到操作这些黑字的女人十分贫弱。韦这时才悟到自己娶的原来是个百无一能的女人。他的耳畔于是又响起甘美水果一般的歌唱。年轻丰腴的少女，乳房在灯光下如同旋转的星球，裙裾飘动宛若金莲花的舞蹈。更重要的是，她们懂得最简单的交换价值：一只绵羊等于两把斧子。

黑字的神秘性大概就是在那时消失的。

### 4

韦做了总经理之后更加早出晚归。卜零渐渐领略了"商人妇"的滋味。夜深人静的时候，卜零无法入睡。卜零于是学会在百无聊赖的时候用照镜子来消磨时间的方法。

卜零的容貌，似乎该算作争议很大、变化很大的那一种。有人说卜零很美丽，而另外一些人说卜零根本不美。卜零心里有数，说她美的大半是男人，特别是五十岁左右的男人；说她不美的则百分之百是女人，尤其是六十岁以上的老太太。

卜零对自己的容貌一点也不自信。

有一次，一个同事借给卜零一本书。这是一本奇怪的书，上面画满了各种各样的图像，那是女性分解了的各个部位。这本书囊括了全球各个人种、各种肤色的女性。卜零对着镜子一个部位一个部位地对照，终于发现自己接近西亚、北非那一族的女性。书上写着：地中海式体形，丰乳，突臀，细腰，腿肥硕，略短，肤色较暗，毛发浓密。卜零于是开始冥想：或许她的某个祖先来自古埃及或古波斯，肩上搭一条美丽的地毯，背一袋黑面包干，骑着骆驼自西向东而来，先在古敦煌的石窟中落脚，做了一名工匠。后来，一位被放逐的唐代公主爱上了这工匠，就在那布满团花、卷草和菱环纹的藻井下面，公主散开发髻，摘掉钗环宝钿，脱去云头履，波斯工匠拜倒在她的石榴裙下，第一次吻了她额前的五出梅花。公主额前的梅花顿时金光闪闪晶莹亮丽。于是在这佛国宝地他们生儿育女代代繁衍……这故事美则美矣，还是多少有些落套，卜零想。卜零不愿做皇族的后裔。最好祖先是亚历山大大帝东征时的一名武士。在青铜色的盾牌后面他看中了一个东方舞姬。那舞姬身穿银红绸衣，戴极大的珍珠，长巾飘拂，一臂上举，一臂下弯，身侧左倾，舞姬跳的是唐代名舞《绿腰》，静时如池柳依依、楚楚动人，动时如云飞鹤翔、雪回花舞……卜零浮想联翩不能自已，仿佛自己变成了那舞姬，她做几个动作，再瞥一眼镜子，忽然像发酵的酒一般涌动起来，卜零知道自己一直在躲避着什么，这躲避着的就像关闭在铁窗里的囚徒一般一有机会便越狱逃跑。这时她的心跳加速血流加快，镜中，一种病态的红晕渐渐席卷了她，一股燥热空洞地涌起，她扯去内衣，赤裸地站在镜前徒劳地扭动身体，她觉得一股热流正逼向那个隐秘之处，她闭上眼睛，把自己想象成正在被武士占有的舞姬……

很久之后卜零才清醒过来。她仰躺着，忽然明白上面根本不是什么天空。上面是天花板，四周是墙壁。这个狭窄的空间里只有她自己。要命的是世界上有些事需要两个人。那股热流依然在体内涌动着，没有降温。她哆嗦着抓住身旁的杯子向镜子砸去，随着一声意料中的爆响，她看到自己暗栗色的裸体变成了碎片，她笑起来，笑得泪水喷涌而出，她浸泡在自己的泪水中像一条垂死的鱼。

## 5

卜零生日那天的烛光晚会安排在一家四星级的饭店里。

卜零曾坚持着不过生日。过一年就要大一年，老一年，卜零掩耳盗铃地想忘掉自己的年龄。

但是韦自有安排。韦不仅要为她过生日，还要利用这个机会大大炫耀一下。所以他给卜零娘家所有的亲戚都打了电话。亲戚们不来往已经有好几年了。近来他们已从不同渠道获悉关于韦的发达，正在寻找重新联络的纽带，因此韦的电话让他们喜出望外。他们早早便来到饭店，拥着患早期脑血栓的母亲，显示出一派欢乐祥和的景象。

卜零扶母亲坐在上座。母亲伸出鸡爪般青筋毕露的手指兴奋地指向圆桌中心。卜零惊异地看到圆桌的中心不知什么时候出现了一个大蛋糕。塔式的，大约有六层。每一层都有精致的奶油花和生日快乐的字样。那种浅米黄和巧克力色很幸福地搭配在一起，越发衬托出几个字的鲜红欲滴，这种鲜红因为过分华丽而引不起食欲。烛光珍珠般滑落在亚麻绣花台布上。女眷们腕上的银丝手镯和金色指环交相辉映，显示出一种温润可人的怀旧情调。卜零知道那蛋糕一定很贵。

韦真是个好丈夫。母亲、哥哥、弟弟和所有的亲戚不约而同地说。这时韦来了，后面跟着他的司机。

# 6

韦大概是有意制造这种戏剧性效果的。他在宾客全体起立的隆重欢迎面前领袖般挥了挥手臂，尽量挥得潇洒和自然。大家自然一致称赞韦。那些经过过滤的溢美之词足以使韦把前些年在这个家庭遭受的荼毒忘得一干二净。韦的面孔漾着油光，金丝眼镜闪闪发亮。韦的全身都像镀了金似的发出光彩。患脑血栓说不清话的岳母用慈祥的目光打量着心爱的女婿。哥哥和弟弟和嫂子和弟媳们则把一种嫉羡交错的眼光投向卜零。韦发现了这个，便知道自己已经赢得了满分。韦在心里不出声地笑了。

卜零却发现他忽略了一个细节——他不该和那个司机一起进来。尽管韦西装笔挺而司机只随随便便地穿着便装，韦精心做了最时髦的发型而司机只是留着最普通的头发。韦被司机修长的双腿衬得像被裁掉了一截。连韦矜持的微笑也被淹没了——司机那灿烂的笑使整个房间都变得明亮起来。卜零觉得韦更适合走在司机后面。

生日快乐！司机石向卜零问候，态度依然很谦恭。

谢谢。她礼节性地点点头，随即觉察出那双亮眼背后潜藏的危险。

# 7

那位来自古埃及或古波斯的巫师就坐在地毯上。地毯的图案像一幅美丽的铜版画一般精致。上面密密麻麻地绣着枝叶茂密的树林。林木深处有金黄色的林妖在舞蹈。卜零第一眼看到巫师的时候就想起俄罗斯童话中的老妖婆。好像这老妖婆与地毯上美艳的林妖们有着一种什么神秘的默契似的，她们浑然一体。巫师容貌丑陋而破败。看不出她的年龄。她面前的小桌子上摆着一个多棱多面的水晶球，水晶球把她破败的脸分割成规整的几何图形。

关于这位巫师，C城有着各种各样的传闻。这些传闻使一贯信奉唯物主义的韦也暗暗心惊。韦之所以选择这个饭店，大半正是为了这位巫师。但韦在卜零面前并不想承认这个。韦表情淡漠地看着卜零走近那神秘的老女人。那女人坐在那里，俨然是一位神话中的人物。她的头发高高盘起，上面插着一支毛茸茸的鸟羽，从额头沿面颊一侧垂下，遮住了大半张脸。她穿了一件黑衣，细工洞明，透出肌肤的芳香，似乎又有些海藻的腥气。她用一只眼诡秘地盯着卜零，那只眼发出幽暗的银蓝色的光，像是伏卧着的银色蝾螈。

她用可笑的汉语发音问了卜零的姓名和阳历生辰。接着她说：姑娘，请你说一句话，随便说一句什么。

卜零想了想。卜零的大脑呈现出一片空白。这时卜零看见水晶球中朦胧显现的月桂树。月桂树的纹路很像是精美的刺青。

刺青是世界上最美丽的杀菌药。卜零说。

巫师微微一笑。巫师的笑容居然十分动人。巫师把自己藏在水晶球后面，球体慢慢转动着，每一道晶莹的折射都令人胆战心惊。

"你很聪明，"巫师说，"但是你活不长。"

"那没关系。"

巫师惊讶地看了看眼前的中国女人，接着说："你的家庭看上去很好，但其实你并不爱你的丈夫。"

"那又怎样？"

巫师把声音压到最低："今年春天，你会遇到一个男人。"

"一个男人？一个什么样的男人？"卜零竭力避开水晶球的折射。这时她感觉到那折光似乎返照着一个影像，那影像似乎就立在她的身后。

巫师笑起来，用极难听的汉语发音慢慢地说："你真的不知道吗？你一生都在想男人。"卜零几乎昏厥了。她慢慢回过头去——身后真的站着个人，是石，那个司机。这时他正睁着那双亮眼怯生生地盯着她。巫师的话无疑他是听到了，卜零觉得全身的血都涌到脸上，而石的脸也像被返照似的红了。这真是个尴尬的场面。

你有什么事吗？卜零避开那很亮的眼光。

我……我也想听听。我今天也过生日。

你也是双鱼星座？

那双亮眼眨了一下，像水晶球泛起的涟漪。

嗬——这么说你比我整整小一轮。卜零的眼睛在睫毛掩护下悄悄打量他。这年轻司机的面容几乎是完美的。前额光洁明亮，鼻梁修长挺直，瞳孔不是黑色，而是一种透明的湖水色，有许多的亮光汪在里面要从这湖水中溢出来。卜零从没见过这么漂亮的男人。更奇怪的是他身上有一种与身份不相符的高贵，虽然他羞涩谦卑又小心翼翼，不留神的时候仍会流露出一种落难王子般的高贵气质。卜零奇怪这种高贵从何而来。或许，蛋糕是他买的吧？卜零想。

蛋糕的确是石买的。韦上车后就证实了这一点。小石跑遍了大半个C市呢！还坚决不要钱！你还不谢谢人家?！可卜零拿不准石究竟是为了她还是为了他的老板。石转动着方向盘嘟囔了几句。可惜看不见他此刻的表情。卜零的位置只能看见他的背影，他总喜欢穿一件写有"今宵属于你"的白色文化衫。这几个字使她联想到头上插着的草标。或许仅仅是烟幕弹吧。她可以看到握着方向盘的筋节突起的胳膊和旁边那条肥硕的白手臂的奇异对比。她把车窗放下来。坐在石身旁的韦回过身，韦说卜零你别忘了明天去看眼睛。

## 8

一个月之后的一天晚上，韦大腹便便地从浴室里走出来，边用毛巾揩着肚子上的水珠边对卜零说：春天了，一起去乐水度假村钓钓鱼好不好？

卜零当然说好。卜零的工作没有任何进展，最近很怕见老板，很想躲到一个地方散散心。何况，她知道石也同行。

不知从何时起，韦已经离不开石了。石不但是司机，还是听差、保姆和马弁。韦兴致勃勃地给石打了电话，让他准备好三支钓竿、三顶遮阳伞和三只小凳子。韦知道石肯定有这些东西的——石是个钓鱼的行家。

那一天天气特别好。C城的天空出现了少有的蔚蓝色，并且有一丝丝白云飘浮在天空，看上去像是一束弯卷的玻璃纤维。刚刚落过雨的湖水很明丽，倒映出两岸沙沙作响的杨树，再远处有一片桃林，盛开着粉红色的鲜艳花朵。好天气总是带来好心情。石从"萤火虫"的后备厢里拿出钓竿，穿上鱼饵。石很利索地把三支钓竿和三柄阳伞安好。三人并排坐着，韦在中间，石和卜零在两边。韦不时讲些符合老总身份的笑话。气氛很愉快。第十七分钟的时候韦的鱼漂忽然动了。韦和卜零一起欢叫着把鱼钓上来，却是一条尺多长的白鳝！韦红光满面地大喊：快摘钩儿！快摘钩儿！石扑过去把白鳝按住放进网兜里，然后把网兜一头拴在岸上，一头浸入水中。韦十分得意，反复让周围的垂钓者们证实钓到白鳝何等不易。吃中饭的时候，韦买了整整一箱啤酒款待石，并且请度假村的小餐厅把白鳝烹了，三个人吃得赞不绝口。吃罢饭韦照例要小憩一下，于是石和卜零便有了单独交谈的机会。

这是个新开发的旅游区，游者甚少，因此干净和安谧。水是新鲜的碧蓝，偶尔漾起雪白的泡沫，鲜奶一般醇浓。中间隔着一个空凳和一支寂寥的钓竿，石和卜零都充分感受到对方的存在。

石连钓了四条鱼，卜零的钓竿却毫无动静。不断扩散的水的波纹很容易使人产生错觉，卜零觉得鱼漂好像动了一下，她急急地拉竿——竿弯了，根本拉不动。卜零暗暗祈祷这是一条与众不同的大鱼。卜零使尽了全身力气仍然拉不动，却被一种反作用力拉得钓竿脱手。钓竿就那么轻飘飘地在风中转了半个圈，一头栽入湖中。卜零觉得自己也跟着栽进去了似的。

石走过来，一双亮眼充满了幸灾乐祸的笑意。垂钓者们都看过来，卜零也只好捂了脸，低垂着眸子咻咻地笑，她不敢承接石的目光，只软软地抬起一只手臂指着正在漂移的钓竿：真糟糕，掉水里了。卜零这时并不知道她这样子非常好看。石咯咯一笑：

没关系，只要你没掉水里就成。卜零的两腮立刻滚烫起来。卜零那只举起的手臂流露出一种不可言说的优雅意味。那是极优美的线条，像水流画出的弧线那样。卜零的肤色有些发暗，这时在阳光下变成浅黄色，半透明的，石榴石一样美丽，这种半透明的黄足以引起任何遐想。石看到这种黄色就恢复了某种记忆。石记起那天的生日晚会，在巫师的水晶球面前，卜零蓦然回眸，脸色就像湖边盛开的桃花一样鲜艳，她那惊慌失措的样子像一只被追逐的牝鹿一样美丽。石无论如何不敢相信她已年近四十。她当时说她比他大一轮，但她说这话其实只是为了掩饰她的惊慌。

石沿着湖边断砖砌成的斜面下到水中。卜零俯视着他。她刚好可以看到他宽肩阔背上不断活动着的肌肉群。他那筋节突起的手臂正伸向水面的钓竿。他身上有什么东西让她怦然心动。人体内一定隐藏着某种密码，只有高度契合才能互相感应。不知何时开始卜零发现只要她接近这小司机的身体，便会有一种强烈的异样感觉，因此卜零开始有意地躲避——在她这个年龄已经不允许做这种毫无可能性的游戏。但是，她身体内部的那个囚徒，那个饥饿的囚徒却常常不合时宜地冲出她精神化的牢笼——越狱逃跑。

石把钓竿捞上来了。石告诉卜零，刚才钓竿拉不动不是因为有了大鱼，而是卜零不小心把鱼钩嵌进水底的石缝里去了。石说需要立即换一个鱼钩。

## 9

石点了支烟，伸出一只大手。石说姐姐你给我看看手相吧。不知从什么时候起石背着人就叫卜零姐姐了。卜零犹豫了一下，接过那只大手，用手指轻抚石手掌上的纹路。卜零发现石的掌心似乎蒙上了一层白霜，而所有的掌纹都断裂了，模糊不清。石有点羞怯地说姐姐你看不清吧，我这只手被汽油给烧过，要不下回我刷干净了再请你看？看来得用刷猪毛的刷子——卜零扑哧笑出来。石这种大男孩式的腼腆让人心醉。每到这时候他的一双大眼睛也涨得绯红。卜零又让他伸出另一只手。卜零貌似认真实际心不在焉地端详一遍之后，说你三个月之内要有一次大灾，这灾和一个女人有关系。石惊呆了，石问这灾怎么才能躲得过去，卜零摇摇头继续说你这辈子有三个女人，其中一个女人能解救你，可另外两个会让你更倒霉。石大睁着眼睛想了半天，什么？三个女人？他问。卜零的目光软软地淌过去：怎么了？是嫌多了，还是嫌少了？石摇摇头，大眼睛里全是迷茫。卜零觉得他这种表情美得出奇。卜零说你是不是有什么秘密？让我再瞧瞧。卜零又拉过他那只被汽油烧了的手。

卜零再次握住这只手的同时她觉得事情要糟了。那种东西忽然以不可阻挡之势涌动出来。因为涌得太急太快她感到头晕目眩。那只绝对沧桑的粗糙的手充满了性感。他近在咫尺，每一次呼吸都使她心旌摇荡，他的身体还没碰到她她便感到全身震颤，她渴望这双手来剥光她揉弄她捏碎她，她被这强烈的渴望压迫得抬不起头说不出话——而在韦面前，她甚至毫无羞怯感。韦雪白肥满的腹部让她恶心。她与韦做爱的唯一要求便是关灯。在黑暗中她可以把韦想象成任何一个男人，唯独不是韦。

石等了很久，等到不正常的那么久了，石忽然感觉到有点不妙。握住他手的那只手温润如玉，那只温润如玉的手起了一种微微的痉挛。接着他看到那张死死沉下去的脸。满头秀发纷垂下来，遮蔽着她的表情。她的表情使人幻想湖水中一根青草的容颜。因为头垂得太低，她的胸部悄然暴露，从他的位置可以看到她的两个乳房的上半圆，那半透明的杏子黄的石榴石。乳房弧形的圆润纯金一样的温暖。石觉得嘴唇陡然干渴起来，他慌乱地往嘴里放一支烟却忘了打火，后来总算把火打着了而火苗毫不留情地灼伤了他迟疑的手。

这时阳光非同寻常地有力度，云彩的斜影在远处山脊上摇晃，偌大一个湖面好像只有他们两个人。天空在俯视着一种美丽，这种撕人心肺的无言之美。

就在这时韦伸着懒腰走来了。

韦看到卜零和石很近地坐在一起，卜零似乎还拉着石的一只手。韦很奇怪这两个人在一起会有什么话说。卜零吃了一惊似的站起来。韦倒是很大度，拎起小凳子说你们慢慢聊着，我到那边去钓鱼。说罢就扛起钓竿向对岸走去。当韦快要走到对岸的时候石犹豫着站起来。石问："姐姐你过去吗？"卜零坚决地摇了摇头。卜零的拒绝是希望石也同样拒绝，但是石说那姐姐你一人在这儿钓吧，我得跟韦总过去。卜零沉默良久说其实你不过去也没关系。卜零说这句话几乎用了全身的力气。但是石笑笑说还是过去好吧。说罢便扛起钓竿拎着凳子走了。太阳把他长长的影子一直投到卜零眼前。卜零胸中溢满了的东西从眼里流出来了。对着空旷的湖水她泪流满面不能自已。

## 10

第二天，卜零的老板找她谈话。

卜零的老板原是南方人，前两年刚调入市台。老板个子很小，心计却极深，他很知道如何使用卜零这样的女人。这时他端坐在椅子上，很严肃地说：有一个题材，你去抓抓看。要下到少数民族的寨子里，最边远的寨子。现在台里要大批裁人，这也许是你最后的机会了。哦，费了好大劲才联系上的哟！

卜零向老板表示了感谢，就立即去买了火车票。卜零隐约对巫师的话抱有怀疑。那个在春天里相遇的男人，或许仅仅是遥远的爱情灰烬中的一个回响，它用面纱把你遮住，给你一种非物质的感觉，使你误入歧途，以为它是走向另一世界的通道，可实际上，它不过是个陷阱。

要命的是，卜零的怀疑背后仍然存有希望，她的怀疑正是为了她的希望。她的希望背后是一个年轻男人的影子，那个男人在空旷的湖水的背景下向她伸出一只手，他说姐姐给我看看手相吧。

台里规定，处级以上干部才能享受乘飞机的待遇。所以卜零只好买火车票。

## 11

临行那天正好韦要与某国的投资集团签约。暗绿色的萤火虫先把韦送到集团公司的大厦前，然后才转向去车站的路。一路上韦半闭着眼睛一言不发。石按照韦惯常的要求打开车内的收音机收听新闻。播音员平板的语调迫使卜零向韦做出求和的身体语言，韦却毫不理睬。卜零看见韦眼角上残留的黄色分泌物。她下意识地伸出手，然后手指像被施了定身法似的停在空中——她害怕触碰韦的身体，害怕韦会做出过度的反应。但是真正对她构成威胁的，却是前面反光镜里的那双眼睛。

不知多久了，卜零总是习惯地坐在正对反光镜的那一面，在镜里端详自己的面容。镜里呈现的淑女般的面孔往往会使她产生莫名其妙的联想。卜零看到淑女面孔的背后有一座空寥的房子。那房子通常有着一种幽冥般的寂静。一个走来走去的女人面对一面形状古怪的大镜子，慢慢脱下自己的衣服。光鲜的外衣里面，是肮脏的胸罩和内裤。那些内衣的层层花边都染上了别的颜色，或者说，是被岁月腐蚀得面目皆非。那一双大乳房在反光镜里寂寞地眺望。

卜零忍不住泪水涔涔。

石小心翼翼地把卜零的提包送上车。他看到一向温柔可亲的老板娘在流泪。那眼泪像是在掩饰着什么，又像在逃避着什么。她穿着细羊毛黑衣的身子惊惶不定像一只随时准备飘逝的蝴蝶。石很想把这个哭泣的女人搂进怀里。但是石实际上连碰也没敢碰她。石只是战战兢兢地说姐姐听说那地方的香水质量不错，要是方便你给带一瓶来吧车上要用。卜零点了点头并没有回头看他，她觉得自己哭过的脸一定很难看。

## 12

火车走了四天四夜。卜零像一尊石像那样不吃不喝也不动，直到火车进入一个遥远的山寨。

寨子里有一只长长的木鼓，那是佤族人的通天神器。那些古铜色或暗褐色的男人女人们常常在夜晚围着木鼓和篝火跳舞。明亮的篝火像古绸缎一般缠绕着这一群半裸的男女。男人用半只葫芦遮羞，而女人则用美丽的树叶来装饰自己。佤族姑娘都有着星光灿烂的大眼睛和漆黑如墨的长发，还有被槟榔汁染黑的厚嘴唇。那些形状奇异的绿色、黄色或红色的树叶在那些古铜色或暗褐色的肉体上闪烁，令人想起远古时代开辟鸿蒙的女娲，妙就妙在这来自远古的女人生长在现代的太阳下，在太阳的气味中佤族妇人们背着背篓抽着水烟裸着被吸空的乳房踽踽独行，与舞蹈着的姑娘们叠印成为独特的风景。

卜零忽然觉得他们便是自己遥远的族人。

卜零被当作贵客请进寨子。卜零进的是头人的家。有一位头发灰白的老人端坐在那里，脸大而浮肿，像是被蒸过的黑荞麦窝头。卜零知道那便是头人了。他坐在火塘边默默地吸着水烟。袅袅的烟尘雾一般笼罩着周围男人女人的脸。有一种强烈的气味呛得她几乎透不过气来。她要找的那一对夫妇影视搭档也来了。从很远的地方赶来。在周围一片浓重的肤色中他们显得苍白如纸。他们很恭敬地把写好的剧本交给卜零，卜零看了一眼题目便放下了。题目是《南国红豆总相思》。做导演的夫人说，本子写的是一个汉族女人在边远寨子里的经历。

为了欢迎卜零和夫妻搭档的到来，佤寨做了过节才吃的菜。这些菜从外形来看便使人惊心动魄，它们仿佛是某些动植物的化石或标本，半透明的，蛹似的伏卧在那里。卜零看到它们被许多长指甲的手指抓起来，送到自己面前的木碗里。

佤族的家酿酒似乎很厉害，两碗下去，剧作家的舌头便已经发硬了。剧作家当众搂住自己的妻子，像孩子撒娇那样呢喃着。剧作家穿着的宽而大的T恤衫，很明显地透出两片漆黑的乳晕，圆形膏药似的糊在女人似的胸脯上，双了几层的下巴和脖子连在一起，但是依然很脆弱，像被卸掉颈骨似的，他的脖子软塌塌地耷拉着。卜零一直担心地看着他的颈子。他笑眯眯的风度很好，说出话来声音细而软——绝不像是从这样伟岸的身躯里发出来的。夫人徐娘半老风韵犹存，一口吴侬软语，眼光总是闪闪的往空中飘，一脸浪漫少女的浓情和率真。让人看上去真真是琴瑟和谐，令人羡慕。

在大家端起木碗歌唱的时候，卜零看见做导演的夫人抓起一缕被切割得很细的牛肠举起来，牛肠在光线下呈现出粉红色的阴影，导演向它心满意足地伸出舌头。

那舌头肥而厚，上面有暗色的舌苔。

卜零觉得喉咙里的东西一下子涌出来，和水烟喷射的粉尘一起在火塘边飘舞。

## 13

头人认为卜零剧烈的腹痛和呕吐一定是中了邪。

这痛点是不断变化的。犹如一条看不见的鞭子不断变化着落点。奇痛之时，连杜冷丁也不管用。她像掉在油锅里那样徒劳地挣扎，她的脸上呈现出枯叶飘落又腐烂的颜色。

头人说："她是中邪了，她一定是中邪了。"头人命令两个剽悍的佤族青年牵来一头牛。那牛庞大而温驯，大睁着两只惊惶的眼睛，眼里似有泪水滚动。一个青年抓起一把雪亮的长刀。长刀鸣叫出器官撕裂和分割赤金的声音。卜零看见牛眼忽然凸了出来，然后又凹进去。这一凸一凹之间，牛眼爆发出一种奇特的惊惧，有一把刀血淋淋地从牛翻卷着的伤口处拔了出来，牛像一团水一般柔软地匍匐下去，血流如注。浓紫的血像完全成熟的紫葡萄一样，颜色浓艳得无法化解。

有人把新鲜的血滴进酒里递给卜零。卜零连想也没想便一饮而尽，这时如果有人告诉她毒药可以治愈腹痛她也会毫不犹豫地喝下去。

卜零觉得剧痛好像突然消失了。头脑一下子十分清醒。她清醒地发现夫妻搭档已经走了，那个叫作《南国红豆总相思》的剧本放在火塘旁边，因无人看顾而十分冷清。

这时已是佤寨的夜晚。卜零看见双鱼星座在夜幕中漂浮起来，她看到这叠在一起的菱形便十分亲切，毕竟大家还是生活在同一个天空下。她惊奇地发现那星座已褪去陈旧的颜色，恢复了亮度。她当然也想起那个和她共属一个生辰星位的年轻男人。这星座或许是某种箴言的象征。

## 14

就在卜零疼痛的那个夜晚，韦再次走进那个有巫师算命的饭店。巫师今天的精神似乎不佳，她在水晶球后面的脸显得十分疲惫。她听韦说明了来意之后就让韦把右手放在小桌子上。韦犹豫着说应该是左手吧，不是男左女右吗？巫师听了之后就抬头看他一眼，巫师说你的命很硬，在你前头有个姐姐，在你后头有个弟弟，但是都没活下来。对吗？只这一句话便使韦高凸的腹部收敛起来。事实的确如此，但是韦尽量不动声色。巫师接着说你夫人的命虽然硬一些但也硬不过你，你夫人如果……如果爱上别人的话一定会像进地狱一样痛苦，你们虽然不太相合，但是不会离婚。

对不起，你刚才说什么，我夫人如果另有所爱的话会怎么样？……

巫师并不抬起沉重的、鱼一样的眼皮：我是说，如果她爱上了别人，就会像进地狱一样痛苦。懂了吗？比如说，她会肚子疼……

肚子疼?!

巫师狡黠地笑了一下：当然啦，我这是打个比方。

韦心神不定地看着水晶球后面的那张破败的脸：那么，我的事业呢？我的前程会怎么样？

巫师显然已经很不耐烦，巫师没有回答韦的话，只是疲惫地指了指眼前的蜡烛，蜡烛正呈现出软化的滴落形态。

## 15

石把韦送到家的时候已近晚上十点。一路上韦沉默不语。石已经习惯了韦的沉默，但是今天韦的沉默里还有一种明显的愤慨。石知道这与算命有关。石几乎一字不落地听了老板夫妇的命运。石并不认为这巫师比那些街头行骗者高明多少。奇怪的是他一向认为高不可攀的两个聪明人竟也如此轻信。直到家门口韦才长叹一声说卜零这个人真是荒唐，她竟然相信这种老妖婆说的话。石急忙附和说这种老妖婆一定是在外国骗不下去，到中国骗钱来了。韦已经下了车，听了这话又停住脚步，韦说小石你真的这么认为吗？石的脸红了但是幸好有夜色掩盖着。石说真的韦总，您千万别相信这种人的话，现在这种骗子太多了。韦点点头拍拍石的肩膀，韦说你说得对小石，看来你比我们家卜零还明白点。石的脸更红了，石说韦总您也不能这么说，不是我明白，是卜零大姐太善了。韦这时才微微露出点笑模样儿。韦走到台阶时忽然举目向天，天空晴朗星光灿烂。韦轻轻咕噜了一句：也不知道她的眼睛怎么样了。石听到这话就知道他是想卜零了。

石也常常在想卜零，卜零是他以前没见过的那一类女人。卜零对于他充满了新鲜感，他觉得这女人聪明而天真，时而忧郁时而奔放，令人迷眩。并且常常引起他的冲动。但石是很实际的人，知道自己不该存有非分之想。对于他来说，卜零不过是飘在天上的云彩，虽然美，却够不着。石从来不想勉强自己去够那些够不着的东西，何况，这里还牵涉到他的饭碗。

石家距这里只有十来分钟的路程，但石没有回家，而是把暗绿色的萤火虫掉头向西北方向驶去。正西北方五十来公里临近郊区的地方有一座饭店，这饭店此刻正灯火通明。石把车停在饭店门口，然后步行走向临近花园的一扇小门，那是内部职工的专用门。石推门进去，却杳无人迹。石正在惘然四顾，一个苗条的黑影从他身后的石榴树旁闪了出来。这自然是个女人，一个石正在寻找的女人。石从一类女人的身边逃开，走向另一类女人。

## 16

石的故事是这个年代最缺乏想象力的故事。石已婚，和妻子不睦，于是有了情人。情人是西北饭店贵宾厅的服务员。在妻子回娘家的时候，石把情人莲子接到家里来。第二天清早，在韦上班之前，再把莲子送回。所以石总是显得很忙。但是石乐此不疲。石打算在莲子满二十二周岁的时候再考虑换老婆的事。现在距此还有整整两年。石还有足够的时间全面考察她。石对莲子是认真的，这无可指摘。唯一的不平等是莲子并不知道石是有妇之夫。

现在莲子已经坐在石家的沙发上，喝着石倒给她的红葡萄酒。莲子总是惊异着这房间的零乱。石告诉莲子这是他姐姐的家，而姐姐长期在外。莲子喝着红葡萄酒的时候石把床简单收拾了一下，然后石坐在莲子的身边，像熟练工种一般解开她的衣扣。石着迷于这个过程。他从来不愿让女人自己脱衣服。他喜欢把一个穿着华丽的女人一点点剥得精光。在做这件事的时候他从来不看对方的眼睛。即使这样，他的脸上也常常泛起羞怯的潮红，他的神态很让女人们着迷和误解，以为他是完全没有性经验的童男子，其实没有经验的正是她们自己。

莲子的上身已裸露在灯光下，但她仍然没有放下那一杯酒。她怯怯地问他的姐姐什么时候回来。他含糊地咕噜了一句就抓住她的一只乳房，她的乳房小而娇嫩不能盈握，但是十分洁白，这是典型的小家碧玉式的乳房。他忽然不合时宜地想起另一对乳房，那一对饱满得要滴出汁水似的乳房，黄色石榴石一般美丽。

我们老板夫人给我算命，说有个女人会给我带来灾难，是你吗？石边说边把被剥光的莲子抱上床，莲子含情脉脉看了他一眼：你说是就是，你说不是就不是。

这样的回答使石心旌摇荡。他喜欢她这种彻底的顺从。他迅速脱去衣服。她淡粉色的乳头正饥渴地向上翘起，仿佛等待着吸吮，他咬住了那一点粉红，这时他感到他身下的那个身子开始扭动。她的乳头在他嘴里勃动着，娇嫩得仿佛入口即化，那一点淡淡的温热直化入他的心里。他呜噜着说我托人给你买香水了，你就等着吧，她张开双腿的同时还没忘了问是什么牌子的，他简单回答了一句反正是名牌你会满意的，然后他们就被许多黏液淹没了。

## 17

过了拉木鼓节，卜零就要离开佤寨了。头人很郑重地把魔巴和儿女们叫到一起，对卜零说：孩子，我们阿佤人是最重友情的，你在我们这里受了委屈，可我们看得出你也是个重感情的孩子。有件小礼物送给你，寨子里别的不敢说，玉石和茶叶是有的。……喏，你看看这个，满不满意？头人从身上掏出一个戒指，翡翠戒面晶莹剔透，碧绿无染。

卜零记起自己的吉祥宝石正是翡翠，眼泪几乎滴落下来。卜零说大叔我来这儿真给你们添麻烦了。这礼物我不能要，我只想知道什么地方有卖香水的，我想买一瓶高档香水。

头人听到香水两字就皱起了眉毛。头人说要买香水只能到邻近的那座城市去，那里是开放城市有着各国的名牌香水。可是需要过一座竹桥那竹桥摇来晃去就连当地人也很少有人敢走。你过不去你肯定过不去。头人摇着头断然地说。这样吧，让我的孙子帮你跑一趟，好不好？卜零想了一下说不行。卜零说我必须自己去这是我的一个朋友托买的我必须亲自去挑。头人听了眨眨眼说我明白了。头人接着让自己的孙子阿旺陪卜零过桥。无论卜零怎么推让，头人坚持着给卜零带上了那枚翡翠戒指，头人说：孩子，魔巴的手摸过的玉石能保护你，过竹桥的时候一定要戴上它。卜零看见那灰白头发的忧伤光泽便知道自己已经别无选择。

佤族小伙子阿旺提心吊胆地盯着走在前面的汉族女人卜零。卜零执意不肯走在后面。卜零说她看见前面人的双脚会非常害怕。但是卜零上了竹桥才感到前面茫然一片更令人害怕。那竹桥柔软得像一根弓弦一般，只要踏上去，便会深深陷落。下面是一片烟波浩渺的大水，两岸高大的森林把浓重的阴影投射到水面上，卜零看到水便想起那个年轻的男人，那个垂钓者。他把鱼钩甩向湖面，愿者上钩。卜零想自己不过是一条冻僵的鱼，哪里有暖流便游向哪里，哪怕那暖流里藏着无数钓饵。

阿旺看见汉族女人卜零的双腿在不住地颤抖，她的惨白一直延伸到脚面。

## 18

卜零走过竹桥之后像是大病了一场。阿旺惊奇地发现这个女人好像一下子显得苍老和难看。在南国明亮的阳光下，她脸上的皱纹十分明显。她的衣裳贴着她汗湿的身体，那身体仍然在颤抖，无法抑制。阿旺于是试探着说我们先休息一下好不好？但是汉族女人卜零坚决地摇摇头。卜零说阿旺你还是带我去香水市场吧，你出来时间太长你爷爷会担心的。

但是这里的香水市场让卜零失望。的确各种牌子很多，但真货却不多。从装潢华丽的盒子里只要拿出香水瓶，闻到的便是廉价香水的味道。年轻的阿旺是鉴别香水的专家。阿旺看到卜零不厌其烦地打开一只只的香水瓶，紫外线充足的阳光直射在她身上，她就像一棵焦渴的植物一样正在慢慢委顿。卜零被强烈的阳光晃得睁不开眼，她看到的只是许许多多的香水瓶，晶莹而多芒，使她想起巫师的水晶球。

快要夕阳西下的时候阿旺说卜零老师我们走吧，我带你到别处去。有个地方也许有你要的香水。卜零问："那地方远吗？"阿旺没回答。阿旺挥手叫了一辆三轮车，阿旺请卜零坐上去，对车夫说了一句什么，然后车夫就蹬起来，阿旺飞快地跟着跑，阿旺无论如何不肯上车。

## 19

在这座城市的尽头是山。山上有古老的岩画。夕阳西下的时候，卜零看到山的断层变成了单纯的色块，被斜阳熏陶得光熠四射。卜零还是头一次体验到这种纯粹的颜色。有无数条古朴而美丽的线隐藏在岩石上。那些线深深地刻出远古时代的生活。鱼和鸟以及许多的生殖器官构成了这种生活。夸张的乳房和生殖器变成了符号成为母系社会的骄傲。卜零像一个遁世者一样站在山上，等着太阳和月亮交接的那一瞬，这时的天空总有无尽的空白需要填补。

阿旺把卜零带到山脚下的一个作坊里。很远卜零便闻到一股醉人的香气。作坊像神话般的矗立在山脚下。有无数雪白新鲜的花朵堆在这里。体积庞大，却轻似羽毛。有六个体态纤秀的少女把这些花朵捧进热油里搅拌，搅拌时不断地向里面加香料。豆蔻、桂皮、番红花、白檀香木、橙花香精、迷迭香酊……这许多的芳香变成香脂，再掺入优质酒精，然后放进纯银的蒸馏器中过滤。蒸馏器制成了孔雀开屏的形状，只要轻轻按一下按钮，便会有金橙色的浓缩液体从孔雀嘴里流出。有个黑衣女人坐在蒸馏器旁边。卜零惊奇地看着这一切，她几乎是眼睛不眨地盯着，生怕眼前的神话会忽然消失。

那个黑衣女人忽然开口了。只是在那女人开口说话的时候卜零才注意到她。看她第一眼的时候卜零大吃一惊——卜零以为巫师本人正坐在那里！但是这种感觉很快消失了，这女人要比巫师美和年轻得多，可以说和巫师唯一的共同之处只是都穿黑衣服，还有，神态上有一点相像。

女人的话卜零并不懂。阿旺便和她搭腔。他们一问一答说了好长时间，阿旺回身告诉卜零说卜零老师你可以买香水了，这里的香水都是最好的，大姑说她从来不卖给外人，看在爷爷的分儿上她卖给你一瓶，但是请你不要到外面说，尤其不要跟汉人乱讲。卜零听了连连点头在阿旺的指导下她拿过一只中等大小的香水瓶，然后从这个银质蒸馏器里滤出了一瓶香水。香水在瓶中清澈透明，发出金橙色的亮光，神秘而美妙，令人遐想。黑衣女人看了看卜零狂喜的表情，伸出一只被槟榔汁染黑了的手。

卜零不知所措地向她笑笑。阿旺低声说：她是在向你要钱哩！

卜零的脸红了。卜零从手袋里掏出二百元钱放在那只手上。那只手仍然平平地伸着，没有攘拢来的意思。卜零又往那只手上放了一百元，卜零的手有点发抖。但那沾着槟榔汁的暗褐色的手仍然一动不动。

卜零发红的脸又变白。佤族小伙子阿旺对那个女人哇啦哇啦地叫起来。但那女人斜着眼睛看看他，根本无动于衷。

卜零很费力地从左手无名指上退下那个翡翠戒指。这是头人亲自给她戴在手上的。戒面大而光洁，翠绿欲滴，水色很好。卜零把戒指放在那只手上。

阿旺惊奇地看见那只暗褐色的手慢慢握紧，终于不再张开。

我们还会再见面的。那女人忽然用汉话对卜零说。她的声音又低又哑，使人想起年迈的乌鸦。

就在这一瞬，卜零从黑衣女人脸上露出的阴险笑意中，忽然感到她就是巫师，或者说，她不过是巫师的幻影，是巫师无数面目中的一张脸。

## 20

回C城的火车晚点了整整四个小时。

本来应当是晚上十点左右到站，可现在已是深夜两点。卜零曾打电报让韦派司机来接，韦也很痛快地答应了，可现在，夜深人静，连TAXI也杳无踪迹，谁也不会在这个肮脏的地方干等四个小时，所以，没什么可埋怨的。

卜零提着行李袋出站，一路踉跄着。行李袋里是一堆号码不明的衣服和一瓶香水。一路芳香使列车的乘务员们充满了愉悦之情。但是现在这香气正毫无意义地消失在夜气里。

C城的这个车站十分破旧和肮脏。从某种意义来说，这已经是个废弃的车站。只有为所有相遇的车让位的慢车才偶尔经过这里。卜零所以订这趟车票仅仅是因为它最便宜。韦自从进入大公司以后不再把薪水如数交给老婆，只有在高兴的时候给老婆一点零花钱。而卜零在台里的处境更是尴尬。更糟的是卜零被人认定是大款的太太，这个头衔给她带来的还不仅仅是难堪。

卜零在一片黑暗中绝望地躲避着垃圾的臭气。那一座残破的铁桥隔绝了市声。这时她忽然发现，有个男人就站在铁桥那边，一动不动。就像被浇铸在那里似的。他长长的影子被风刮得飘忽不定。

卜零努力把骤然涌出的泪水吞咽下去。那个年轻的男人走过来，一声不吭地接过她的行李袋。在黑暗中他们互相看不清对方的脸，但卜零觉得他充满着与生俱来的亲情。卜零费了好大力气才克制住自己没有投入他的怀中。卜零只好想出一句话来掩饰自己：你要的香水我给你买回来了。

石点头说我知道了，老远我就闻见香味了，谢谢你姐姐。玩得好吗？这时他们上了车，暗绿色的车就停在铁桥那边。卜零上了车还没忘了说买这香水可不容易，是我冒着生命危险买的。石踩离合器的脚停顿了一下，石没听明白香水和"生命危险"有什么关系。卜零看见石发怔的样子决定不再说什么就笑了一下，她的笑让石觉得这句话纯粹是一个玩笑。于是石心安理得地把离合器踩下去，又踩了一脚油门。飞驰的车把一种优雅的芳香洒了一路。

## 21

少女莲子一进石家的门便闻见那股醉人的芳香。莲子冷落了那杯红葡萄酒，只是揭开香水瓶盖不断嗅着。在被石脱光衣裳的时候仍然把香水瓶抓在手里。香气使他们格外亢奋。石把香水喷向她的双乳，她的腋窝，她的肚脐，她的生殖器……直到她的全身发出水百合花一样的芳香。石觉得这香水像润滑剂一样使这个肉体更加柔软和光滑。

完事之后石点了一支烟。石说这瓶香水要"悠着点儿使"。石说这是我们老板的夫人从老远的地方买来的。莲子微微带一点醋意地一笑，你好像老提你们老板的夫人，她是个什么样的人？漂亮吗？石深深吸一口烟。聪明。特聪明。我要是有她那份才我早发了！……她这个人可真不错。石说。

## 22

卜零回来后第一件事就是读那个题为《南国红豆总相思》的剧本。

那一对夫妻搭档现在影视界正是如日中天。剧作家前些年就获过几次奖，后来就传闻他与原配妻子离了婚，娶了现在这位做导演的夫人。他们的婚姻应当算作珠联璧合了。迄今为止他们婚后已合作了四部作品，两部获奖，另两部引起众说纷纭。所以老板格外重视他们的本子。

卜零仔细看了本子，却完全不知所云。唯一给她留下深刻印象的，是剧本平均每隔两页便有一处形容女主人公"雪白的颈子"。卜零注意到导演的颈子并不白，因此她想这雪白的颈子大概是别的什么部位的代名词，不过因为其他部位不太好提，所以以"颈"来代替而已。女主人公在短短六集戏里遭到了三次强奸，每次激起男人兽欲的都是"雪白的颈子"。卜零觉得这样的颈子实在罪大恶极，不如用锅灰抹了，就像过去良家妇女对付日本兵那样，或者，干脆斩断。

卜零对老板说出的意见是"庸俗"。但这个意见立即遭了老板的迎头痛击。老板说卜零你该好好想想了，你怎么永远和群众的想法格格不入？电视剧就是大众传播，就是俗艺术，就是面向广大群众的，你工作了这么多年连这个基本出发点都不懂？也难怪你总是完不成任务了！一席话说得卜零无地自容。老板接着说有问题可以谈出来让他们改嘛。没听说电视剧本一次成的。于是卜零按照老板的意思发了封邀请信，邀请那位著名剧作家来京面洽修改剧本一事，那位剧作家很快回函表示乐意合作。

一个阴雨连绵的晚上，老板为了表示诚意亲自去接站。老板和卜零很虔诚地并排站着，准备列队欢迎剧作家。老板不断地说一些并不可笑的笑话，卜零便也很迎合地笑。后来老板再也说不出什么来了。卜零也觉得喉头哽住了，笑不出来。雨越下越大，雨伞和雨具已全不管用。这时老板发现一行人热热闹闹地从站台走出来，在雨夜的紫光灯下这群人面目模糊奇形怪状。卜零依稀认出剧作家肥胖疲软的脖子，卜零还没来得及确认，就看见老板已经一步跨了过去。风把老板的伞一下子掀翻了。老板已顾不得许多，远远便向剧作家伸出手来。老板精心吹过的头发湿漉漉地贴在头上显得很滑稽。对方怔了一会儿才跟老板寒暄起来。老板瘦小的身子在剧作家伟岸的身躯面前十分猥琐可怜。做导演的夫人也急忙伸过手来，暴雨中夫人仍然不忘优雅的姿态和得体的言辞。在这种场合下卜零总是不知道说什么才好。

于是四个人打了一辆夏利。在亲切热烈的交谈声中逃离车站。事情已经转悲为喜，卜零的心情也渐渐由阴转晴，谁知在路过某个站牌的时候，老板借助昏暗的路灯向外看了一下，忽然语调激动地招呼卜零下车，说这是离卜零家最近的一个车站。卜零还没反应过来便在大家众口一词的"再见"声中下了车，简直好像是被什么撵下来似的。下车之后她发现站牌周围空无一人，末班车已过，冷雨凄风如同幽魂一般包围着她，她紧抱着双臂在风雨中发抖，那把尼龙伞被冷风揪着仿佛随时准备从她的臂腕里飞走，就像一只无家可归的纸鸢那样。当时她的一双脚结结实实地泡在雨水里，寒气从脚心钻上来，在毛孔中渗入奇痒。她在身上抓了两下，发现身上的斑点正在成片地涌起，那密密麻麻的红斑，让人看着就揪心。

卜零在风雨里苦苦地想。怎么也想不明白聪明的老板为什么要这样做。因为老板一向会做顺水人情，而的士票是可以报销的。卜零不明白老板为什么讨厌她到了必须撵她下车的地步。

老板初来的时候其实是相当重视卜零的，起码是非常感兴趣。但是卜零完全不懂与领导相处之道。她并不知道领导说话不算数恰恰是一种领导艺术的成熟和灵活，也并不知道被领导利用的时候应当感觉到一种幸福而不是屈辱，否则你就真正是不知好歹了，也很容易让领导扫兴，最重要的，你得学会尊重领导，你得明白领导喜欢什么，讨厌什么。可这一切卜零都做不到，岂止是做不到，还常常背道而驰，这也就难怪老板对她失望了。世上有一种女人可以轻而易举地得到男人的同情和赞赏，这种女人可以穿着银色的提花马甲，一边修剪着手指甲一边向男人投去一个意味深长的眼风，同时或嫣然一笑，或泪水晶莹——表情视需要而定，那么她的全部愿望都可实现。但世上也有另一种女人，缺乏一切女性的假面和道具，而她们的心又总是很丰富，总是很顽强地在塑造世上不可能存在的男性，她们从不为现实现世的利益所动，却甘愿为虚无缥缈的幻象去死。这种女人自然是真实男人们敌视和排斥的对象。卜零正属于后一种女人，在她清醒的时候她知道自己在劫难逃。

现在卜零正站在风雨中的一个公共汽车站旁，冰凉的雨水不断地从额发上滚落下来，脸上身上布满了成片的红斑，一辆车驶过，随随便便地往她身上溅了许多泥水，仿佛她已变成了个"准站牌"似的。事实上她一动不动的样子确实没有什么生命的感觉。

这泥水及时提醒了卜零。她在附近找到一家公用电话，她带着一种蛮横态度敲开了门，在主人惊奇的目光下她拨了号码。十五分钟之后，卜零看到那辆暗绿色的"萤火虫"从茫茫雨雾里静静地驶来了。

## 23

接到卜零电话的时候石正在和朋友搓麻将，看看表已是深夜，外面又是风雨交加。正是因为这样的天气石才没把莲子接来。但是石几乎是毫不犹豫地站了起来。石说我得出一趟车我有点事，还没等大家反应过来石就抓起挂在门后的雨衣冲了出去。

他不知道老板夫人发生了什么事。

现在这暗绿色的豪华车正浸泡在雨地里，雨点打在车身上像枪弹一样沉重，尽管有雨刷不停运动，车前方仍是白茫茫一片。石像平常那样为老板夫人打开车门，但是他马上大大吃了一惊。一向尊贵可爱的夫人浑身透湿，脸上一片片隆起的红斑使她面容大变，她双眸噙着泪水，声音发抖：我知道你会来的，……我知道……石一边拉开手闸一边说你怎么了姐姐？卜零流泪不语。我们现在去哪儿？石的话还没说完，一声抽泣好像从冥间绽出，然后是压抑的撕裂心肺的哭声。是啊，去哪儿，哪儿是我能去的地方呢？呜咽着说出这几句话卜零更感觉到心底深处的疼痛。石完全不知所措了。卜零伏着身子，丰满的双肩和细腰在剧烈地抽动着，泪水像蛛丝一样粘在他的身上，他觉得浑身燥热起来，但他仍然一动也不敢动。

回家吧，韦总肯定要着急了。石嗫嚅着说。但是这句话立即引起卜零更汹涌的泪水。不，他早就睡了，他肯定早就睡着了，你别高抬我了，我在他心里算不上什么。石叹了口气说那怎么办呢姐姐，你别哭了再哭我也要哭了。卜零抬起哭肿的眼睛看看他，石的眼圈果然是红的，石的一双大男孩似的眼睛十分疲倦。卜零扑在他拉手闸的那只胳膊上哭得喘不上气来。卜零觉得她的整个世界只剩了这个年轻男人。她想向他诉说，诉说她每天难以忍受的孤独与寂寞，那些屈辱、难堪和不公正像一只巨大的网罩着她，而外面是冰河，碎裂的冰块时刻都在吸收着她身体的热力，把她的生命一点点地抽走，她看到了这个，却无法改变，她需要在冻僵之前寻找一个证人，在上帝面前为她做证。

石的克制已经达到了极限。假如再有两分钟的时间，他一定会紧紧地把这个痛哭的女人搂进怀里。可是卜零抬起身来了，卜零慢慢停止了哭泣。于是石的全身也跟着松动下来。车窗外的雨渐渐小了。石拉开手闸踩了离合器。街灯昏暗的光使一切显得迷离。石放了一支曲子。乐声里他看到卜零凝然不动的侧影。有一颗晶莹的泪珠就挂在她的颊上。石明白地看到自己的处境。石每天都在为生计奔波，他不能不顾忌他的老板，他的老板也就是他的衣食，是他未来计划的最终决策者。他的莲子每天都在问：我们什么时候结婚？

那天夜里石最大胆的行为也不过是抚摸了一下卜零的头发。卜零的头发很黑，又粗又硬，不像莲子那样，黄而稀软，渗透了莫名其妙的柔情。

## 24

尽管确立了一流的写作班子，《南国红豆总相思》的拍摄计划还是落空了。这是因为上级领导发了话，说是该剧本有着严重的问题。首先涉及对少数民族的政策问题，一谈到少数民族问题大家都谈虎色变，实际上仅仅这一个问题剧本就足够被枪毙了，何况还有另一个问题：格调不高。知道后一个问题之后大家争相传看剧本，所有看过的人都跳起来说：这么脏的本子居然要投拍？这是谁组的稿？！于是遮天蔽日的眼光统统压向卜零。老板上当了，上卜零的当了。大家都替老板鸣不平，而老板也似乎相信了这种说法。卜零清晰地记着关于"庸俗"的意见及老板的态度，于是卜零在和老板擦肩而过的时候紧盯着他的眼睛。但是老板的眼睛像一片荒原一样一马平川，毫无内容。

"双鱼星座——一个女人和三个男人的古老故事"，"徐小斌"，卜零逃避这种很有声势的围剿的唯一办法是回归家庭。卜零努力使自己做个好妻子。每天离丈夫下班还有一个来小时的时候，她就开始拉开架势，剥丈夫最爱吃的豌豆，在这豌豆上市的季节卜零剥豌豆把手指甲都染成了绿色，而不管豌豆剥出来的数量是多少，最后肯定要被风卷残云地吃完，连最后的几片青豆衣也要被韦冲了做汤喝。

韦因为常常吃香槟大菜而格外眷恋家里的素食。卜零炒菜放油很少，又不惯放酱油，因此炒的青菜便都透出鲜绿。韦觉得吃卜零炒的菜是一种享受，但是这种享受久而久之便成为一种刚性过程——完全不可逆转。偶然卜零没有按时做好饭，韦就像天要塌下来似的。

卜零觉得韦洞察一切，任何细枝末节也休想逃出他的眼睛。譬如，韦明令点煤气灶的火柴不能丢掉，要码放整齐，在需要同时点两个灶眼的时候，就可以节省一根火柴。千万别以为韦是吝啬之人，在很多方面韦是挥霍无度的。譬如每周日韦都要去转一趟附近的鞋市，买回一大堆各种号码的鞋子，卜零说别买了，没的糟蹋钱，韦说这点东西要几个钱，就源源不断地买回来。韦买其他东西也很大手，每次买排骨要买十斤以上，同时再买鱼买鸡，一大堆冷冻食品往冰柜里一放，想尽办法也吃不动，最后大半都扔了。卜零笑着说你每次少买点好不好，别像农民进城似的那么贪，听到这话韦便大发雷霆，韦大吼大叫地说我好不容易休息一天，给你买了你还挑三拣四，鸡蛋里挑骨头，没碴儿找碴儿！以后我不管了，你买！韦吼起来中气十足，排山倒海，卜零顿觉自己无容身之处。韦最忌讳的就是别人说他像农民，因为他的确生长在农村。

但是韦也有许多优点，最重要的一条就是生活有规律。他的生活规律从来雷打不动。在手持游戏机刚刚风行的时候卜零买了一个回来玩，卜零玩起游戏机来也像写剧本那么投入以致忘了时间。韦提醒卜零说该烧水了，卜零答应着仍然一路玩下去。终于韦忍无可忍地大叫一声：这日子没法过了！！呼啸着便上来抢游戏机。那个长方形的黑色游戏机最终被摔成了碎片。卜零看着那一堆碎片，连眼泪也不会流了，只觉得眼前是一堆沉船的碎片，自己已落入黑夜的大海里，连最后的碎片也被人夺走了。她只能眼睁睁地被海潮淹没……

　　卜零觉得这个空屋里有一种青苔的气氛。在她无事可做的时候，她会忽然想起关于“刺青是世界上最美丽的杀菌药”之类的废话。想起这个她就联想到那个在春天里出现的男人。她祈祷那将是爱情灰烬中的最后一次回响。那一片晶莹而多芒的香水瓶和巫师的水晶球一样，都是她的吉祥物，是她的箴言。她小心翼翼地走向那个男人。但是他比她还要胆怯。在那个暴风雨的夜晚，她闻到了他身上的气味，听到了他狂烈的心跳，但他像一个生病的香木俑人那样一动不动。而在那之前，他脸上曾挂着灿烂的笑，在一片茫茫湖水旁伸出一只手，他说姐姐你给我看看手相吧。

　　卜零一度想有个孩子，但是韦没有生育能力。韦知道自己没有生育能力之后就对房事不再有兴趣。韦说将来咱们可以要个孩子。卜零说要不要都没关系，结婚并不是为了生孩子的。韦沉着脸问那结婚是为了什么？卜零张口结舌答不出来。韦轻蔑地看了她一眼就沉溺到公司的事务中去了。韦的不同寻常就在于他能一天一天地保持沉默。沉默是金。沉默使韦变得像苏格拉底一样深不可测。但是卜零知道这沉默的背后其实是空虚。他的沉默迫使我们制造商标——卜零脑子里忽然又冒出一句奇怪的废话。卜零知道假如韦正点回家，他就能在饭后坐在电视机前，从《新闻联播》开始直看到全天节目结束。无论卜零转换话题也罢，搔首弄姿也罢，都一律地毫无效果。卜零觉得自己在韦的眼中完全化作了一团空气。韦在高兴的时候自诩"坐怀不乱"，常常以此为自豪，卜零说既然如此还要结什么婚啊？韦说这样还不好吗？你放心啊！我起码不会在外面泡妞儿。卜零说还是泡妞好些，起码证明你对女人还是有兴趣，我很怕对女人没兴趣的男人，这样的男人一般缺点人味儿。卜零说完这话就走了。韦想了又想，觉得除了卜零有病这个原因之外别无解释。韦觉得卜零的病日益严重了，包括看星星的时候看出旧照片的颜色，都绝非什么正常现象。

有天晚上韦在外面吃了狗肉煲喝了三鞭酒，微微的有一点兴奋，好像第一次见到卜零似的发现她竟然有那么两只饱满的乳房。韦像皇帝临幸一个久居冷宫的妃子一样走进卜零的工作间。卜零的工作间有八平方米，满满地放着一张单人床，一张放文字处理机的桌子和一个书柜。当时卜零正躺在床上看书。

韦做了很多预备动作之后才宽衣解带，那姿势颇有帝王之相。但是韦刚刚就绪却又站了起来，在挂历上用笔认真地画了个记号，卜零看到他这动作就觉得全部的情绪都荡然无存了——韦每次临幸都要在挂历上画上记号，韦说要记住房事的时间以免卜零赖账。

韦这才把身体压向卜零，卜零看到韦紫胀的脸就去关灯，就在卜零的胳膊刚刚碰到开关的时候，电话铃忽然爆炸般地响起来，把他们两人都吓了一跳。韦愤愤地拿起电话"喂"了一声，然后声音立即温柔起来：嗬，是刘总！刘总您好！您有什么指示？那边不知说了什么，韦一把掀开被子很利索地爬了起来，比躺下时的态度要果断多了。韦对着话筒连连说：我这就去，我没事，老婆？老婆更没事了！她在那儿写剧本呢！哈哈哈……

卜零披上睡衣走到阳台上。卜零知道这位刘总是集团公司的老总，是韦的顶头上司。接下来该是韦打上领带拿起皮包关门出去的声音。卜零对这一切太熟悉了。卜零被调动起来的情欲在夜露中也无法安静，她现在可以接受任何一个陌生的男人，她的手指感到她夜露中的身体像雪天里的泉水一样光滑，她寒气中的乳房像成熟的果实涨得发痛，她的发脂像核桃油一样甜香，她的汗气发出海风一般清新的味道，……她全身都在等着一个男人。巫师阴笑着说：你真的不知道吗？你这一辈子都在想男人。那巫师有一张被水晶球分割成几何图形的破败的脸。

卜零看到那两个叠在一起的菱形星座，它们的光泽再度失去，恍惚间她觉得自己离它们很近，她伸出手，暗色绸缎的睡衣滑落下去，她全身赤裸站在夜空里。云气飘动，她觉得自己也跟着飘动起来。

## 25

有一天韦提前下了班。韦心情很好，这种心情在韦来讲十分罕见。韦轻轻推开门。韦忽然发现当他不在的时候这个家竟像一座荒芜的坟场一样幽寂。没有任何生命的迹象。连窗台上的那一盆吊兰也萎黄了。卧室的门虚掩着，从门缝里他看到一双雪白的脚搭在雕花铜床的架子上。每个脚趾都那么精致，浅粉色的脚指甲微微战栗着，仿佛涂了蔻丹似的发亮。韦把一只眼睛贴近门缝看过去。他看到卜零全身赤裸躺在床上，头向斜后方夼拉着，一头长发垂向地面。垂直的发丝像榕树的长髯一样呈现出干枯的棕红色。她的下巴微微翘起，暗色的颈子无力地延伸下来，乳房在胸部柔软地摊开，一条浅色的条纹从肚脐一直伸展到小腹，小腹上那些萱草样的阴影凝然不动，一只暗色的手指在那片阴影里动作着，随着有节律的动作，她的下巴更加绝望地翘起。如果不是偶尔还发出一两声呻吟，韦觉得她看上去像死去了似的。

有浅色的黏液慢慢浸湿那丛萱草的阴影。卜零的皮肤不知什么时候已经失去了原来的明亮和鲜润。韦忽然想起玻璃匣子里陈列的西域女人的干尸。那是风干了几千年的女人。韦感到一股凉气慢慢敲击着后背，他轻轻退了出去。

韦觉得卜零需要帮助。休大礼拜的时候，韦订了个KTV包间，想带卜零去散散心。当然由石开车前往。很巧，在饭店的大堂里韦遇见了老朋友达。达现在是一家著名大公司的总经理。韦立即邀达办完事后一起吃晚饭，达欣然允诺。酒过三巡，达起身去卫生间的时候韦低声告诉卜零，达对于韦的生意场很有用。卜零漠然看看他说那又怎么样。韦看见卜零那冷漠的脸就想起已经好长时间没见她笑过了。韦说这你还不明白吗小傻瓜，看得出他对你有兴趣，你要跟他多聊聊对他多笑笑，一会儿和他一起唱唱卡拉OK。卜零看看那张龙虾一般红涨的脸就把头扭开了。卜零觉得韦只要自己做生意需要便可以随时把老婆典出去。

那一天卜零喝了许多酒。卜零那天穿的是法国摩根丝的曳地长裙。浅驼色的摩根丝在灯光下变成了肉色，紧裹着她的身体十分性感。卜零感觉到石和达缠绕在自己身上的目光。卜零想酒真是个好东西，人可以躲在它后面，进可攻，退可守。卜零抓起话筒说：这首歌献给达先生。达听完这话就笑了，十分满足。卜零在说这话的时候有一种名妓般的感觉。卜零设想自己是莫罗笔下那位金碧辉煌的莎乐美。每当她把自己想象成什么角色的时候总比真实的感觉要好些。莫罗的莎乐美穿着阿拉伯后宫式的衣裳。那大概是最早的三点式。那些衣裳总是缠绕着富丽堂皇的金银丝，有硕大的金绿色宝石镶嵌其间。卜零忽然想或许那地中海式的一族曾经分布在世界的许多地方。譬如波斯、埃及、阿拉伯、印尼的巴厘岛乃至中国的佤族。这是个十分奇妙的联想。这一族人的原生态是那么相似，好像这是被遗弃在世界文明之外的充满美丽原始生命的一族。卜零觉得自己正属于这一族，她想自己成为弃儿的结果很可能是伴随恐惧流浪终生。

接下来卜零和韦合唱了一首歌。韦唱歌的时候总是与原调南辕北辙。韦很认真地解释这是因为自己的一侧耳骨有问题。尽管如此韦的嗓门特别洪亮，底气十足。所以卜零在唱歌的时候总感到脸的一侧在发烧，烧得滚烫。卜零甚至不敢转一转眼珠。饱经世故的达老板当然一如既往地笑着，可卜零猜不出石这时会是什么表情。幸好韦唱歌的兴趣并不大。在铁板烧烤端上来的时候，韦的话锋已转入正题。通红透亮的肉片在铁板上泛着油珠作响。韦端起一杯酒对达说你是老大哥生意做得很成功，希望今后在各方面多多关照。达端起杯子一饮而尽。韦又举起第二杯酒，韦说我们两个公司今后肯定有联手的机会，公司大概最近会有人事变动你明白吧别的我也就不多说了，来，为我们今后的合作干杯！两个高脚杯碰在一起酒杯里的液体泛出许多泡沫。韦端起第二杯酒的时候卜零就看了他一眼。这时石以潜移默化的方式拿起另一个话筒。屏幕上显现出一个穿三点式泳装的女人，那女人在沙滩上不断挺胸收腹做波浪状。卜零很奇怪几乎所有的影碟都离不开一个三点式的女人，而每一张女人的脸都相似得让人吃惊。那些女人的皮肤苍白像被水浸泡很久的白色羊皮纸，她们显得那么贫弱没有一根线条有生命的色彩，或许这就是被男人们企盼的那种贫弱吧，因为这一族的男人也同样贫弱疲软，他们害怕炫目的生命色彩，他们害怕那种强烈的色彩会把他们淹没。

卜零和石的歌声合作得天衣无缝。此前卜零并不知道石有这么好的唱歌天赋。石的歌像亚热带的熏风吹过槟榔树一般发出沙沙的声音。石唱得很投入，在"让我将生命中最闪亮的那一段与你分享，让我用生命中最嘹亮的歌声来陪伴你""希望你能爱我到地久到天长，希望你能陪我到海枯到石烂"这类滚烫的句子出现的时候，卜零看到石的脸微微有点红，眼睛立即也有了一种潮红。那潮红湿润得仿佛可以渗出水来。卜零从来没有在任何男人脸上看到过这种生动美丽的表情。

卜零忽然感到那一股热流再次不合时宜地涌动出来。她死死盯着那个拿着话筒的健壮的胳膊，她想扑上去，掐它，把它掐紫，她想让这强壮的双臂紧拥，然后剥光她，尽情地踩躏她、虐待她，她裸露的身体将像水一样在他粗大的双手里流动变形，她渴盼着一种他施加给她的剧痛。她要在那剧痛中敞开自己，让那个禁闭在牢笼中的囚徒发出高亢凄厉的歌唱。

## 26

那一天玩到很晚了，大概有深夜两点那么晚了。把达送回家之后，石照例地送老板夫妇。老板夫妇照例地一言不发。石早已习惯了这种沉默。因为达家很远要经过一段高速公路。回来的时候仍要途经高速路然后斜插进入市内。上高速路的时候石紧闭车窗挂上五挡那速度风驰电掣一般。这时韦半闭着眼睛在养神，韦从半睁半闭的眼睛里看到卜零起伏颤动的乳峰，韦的心里忽然一阵恐慌，有了预感似的感到了什么。这时卜零忽然开口了。卜零说你今天对达经理说的公司有变动是什么意思，韦睁眼看了看她说这是公司的事你别管那么多好不好。韦其实并不知道卜零对这些根本毫无兴趣，卜零只是因为像平常那样惧怕沉默而寻找一个她自以为韦会感兴趣的话题而已。卜零于是不再说话，韦却又忍不住似的说公司的变动近一个月就会见分晓，刘总这回死定了，说完这话之后韦大声说小石你可别出去瞎讲。石嗫嚅着说我怎么会呢韦总您放心吧。韦于是一发不可收地说上周和日本财团谈判，虽然合同明确了是由日方提供备用零件技术培训等项目，但是并没注明是有偿提供还是无偿提供，这个漏洞有可能让中方受损百万以上，韦说作为中方谈判的首席代表刘总他不可能会忽视这一点，韦像个智者一样半眯着眼睛说那么就剩下了一种解释——他和日方做了幕后交易！韦笑笑说刘老总的胃口真是越来越大了！卜零大睁着眼睛想了半天，卜零说你既然发现了为什么不及时指出来？韦像看外星人似的看了卜零一会儿，韦说："你不认为这是个千载难逢的好机会吗？"卜零迟疑了一下，卜零的目光深刻如雕刻的冰凌，这时车里的灯光幽暗石正在放一支忧伤的歌曲。卜零淡淡地说你找到了机会可你们公司失掉了机会。韦半天说不出话来韦哈哈笑了，笑过之后，韦像很有经验的电影明星那样低声说：我的天，我老婆什么时候变成活雷锋了？韦很不愿意在石面前失分，于是韦接着说：当然，身边睡个雷锋比身边睡个赫鲁晓夫强吧。哈哈……还没等韦笑完卜零就做了一个惊险动作，卜零叫石停车，因为叫得突然车速又太高石还没有停稳卜零就拉开车门跳了下去。卜零在高速路上像一只松鼠那样一下子蹿出去十几米远。韦急忙闭眼他害怕血肉模糊的尸身但是他刚刚闭眼就听到一声惨叫，他还没来得及断定那是谁的声音他就在原地转了一圈，然后车戛然停止。

"双鱼星座——一个女人和三个男人的古老故事"，"徐小斌"，等到骑着摩托的巡逻警察走过来的时候，韦才发现司机石伏在方向盘上。韦这才依稀记起刚才那声惨叫像是石的声音。韦下了车向巡逻警察指着卜零摔出去的方向说不出话来，韦的下巴一直在发抖，他眼前反复出现一具被辗轧成碎片的女尸，警察的问话韦一句也没有听见。警察顺着他手指的方向看去，在高速公路的那一边，有一个女人正从地上慢慢站起，那女人的黑色剪影很好看。女人的长发在空中飘舞。那是卜零。

后来韦知道卜零除了胳膊上蹭破一点皮之外奇迹般毫发无伤。

## 27

石被连夜送往医院。韦断然拒绝卜零想去看石的要求。直到第二天韦上班之后，卜零立即拨了石的呼机。二十分钟之后有人回电话说，石现已转到市立第三医院骨科病房，是因急刹车和快速打轮碰撞而造成的右臂肘关节错位。卜零一改平时懒洋洋的作风，像慢镜头拍摄的《摩登时代》里卓别林的飞快动作，用高压锅做了个清蒸鱼，然后放进保温桶里，这鱼还是石前两天钓到的。一路颠簸裙子上洒了许多鱼汤。卜零就带着那许多鱼汤的污迹推开了骨科病房的大门。

卜零第一眼看到石的时候觉得他变丑了。大约是伤痛和惊吓的缘故。裸着上身的石在病床上坐着，医生正在给他检查。石的右侧肩臂被马马虎虎地包扎起来，他的脸色苍黄如纸，他受惊的眼睛求救似的望着医生，而医生十分淡漠，像摆弄一个人体模型似的摆弄着他。石的身体随着医生手指的触碰痉挛着。这时卜零轻轻叫了他一声。

卜零并没有看到她所渴望的那种目光。石只是很费劲地微笑了一下，尽量平静地说了一句："你好。"然后对医生和周围的人说这是我姐姐。但医生和周围的人都像是没听见似的。卜零看到石鳌黑健壮的身体无助地暴露在众人面前。医生像看原始溶洞中的骨殖那样随随便便地看了石的X光片一眼，然后对卜零说，他这种错位只有两种办法，一是做手术，用钉子来固定，二是不做手术，用绷带来固定。石还没听完就说我不做手术。这样便只好用绷带来固定了。医生叫来两个穿手术服的壮小伙子，两人一边一个把石抓牢，医生便拿了器械和绷带开始操作，也许说上刑更准确一点，因为石虽然不曾喊出声，从他身体的挣扎和淋漓的汗水来看，他的忍耐已经达到了极限。周围的人都盯着他那鳌黑的不断扭动的身体，那身体现在已经汗湿发亮。卜零从众人眼光中看到怜悯背后的一种快感。仿佛发生在那个肉体身上的剧痛带有某种戏剧性质或表演色彩，那是一种埋藏很深、很难表述的东西，使人想起古罗马斗兽场的腥风血雨。

那一天石和卜零很晚才回家。捆扎之后石吃了半条清蒸鱼，是卜零一口一口喂的。卜零喂了一半像忽然想起什么似的卜零问你太太怎么没来？石勉强笑笑石说我和她有大半年都不说话了，合不来。卜零说难怪你从来不提你太太。石好像不愿意继续这个话题，石说我们可以走了大夫说我可以不住院。卜零拿了些药两人一前一后走出医院大门。外面天已全黑，在黑暗中石忽然停步，石说姐姐我眼里进了沙子你帮我擦擦吧。卜零这才看到石的眼睛亮晶晶的似有泪水游动。卜零掏出手绢擦了一下，又擦了一下，石的泪变成了一条汩汩不息的河流。顷刻之间卜零觉得自己也化成了一团水，水一样柔软和顽强地汇入那条河流。

## 28

石每天都给卜零打电话。一听到那沙沙的声音叫一声姐姐，卜零的心里就温柔地缩紧。后来卜零说你别叫我姐姐了，石问那叫什么，卜零说随便，就是别叫姐姐，当你的姐姐我觉得累。石温存地低笑了一声，石说那就让我好好伺候你，等我好了以后开车带你跑遍全城，你愿意上哪儿玩都行。卜零说："你就不怕你的韦总说你把我拐跑了？"对方沉默了一分钟之后说："如果你不怕我就不怕。"卜零怔了一会儿心狂跳起来。这句话从石的嘴里说出来很像一个宣言。她忽然觉得他们之间有了一种默契，一种同谋式的默契。这种默契使卜零神往的同时胆战心惊。

如果不是石想看录像带，卜零大概不会再次堕入老板的陷阱。石在电话里说姐姐要是方便的话帮我借几盘警匪片吧，也许看着别人流血我身上会好受一点。卜零扑哧笑出来，卜零当天便回到阔别已久的单位不顾旁人惊奇的目光长驱直入老板的办公室。石现在在卜零心里至高无上是受宠的王储，卜零在有这些感觉的时候心里总是很充实。因为单位规定只有老板这一级以上的干部才享有借带子的权力，所以卜零打算放弃自己的骄傲暂时与老板和解。卜零惊奇地发现自己竟也如此实用主义只不过促使实用的动力与旁人有点不同罢了。

老板很痛快地答应借带子，并且可以破例地借上五盘。但是老板话锋一转说卜零我也需要你的帮助。这一段我压力很大，你回家休假了，上面追究《南国红豆总相思》，我只好一人承担，这倒没什么。问题是现在是一年一度的献血，适龄人要么体检不合格要么出去拍戏了，完不成任务扣奖金不说还会出一系列问题，你看是不是能从大局出发报一下名？卜零觉得自己一下子被赶到了一个死角根本没有回旋余地。卜零只好做出视死如归的样子说好吧什么时候体检？老板笑了。老板说如果你同意的话今天就检，如果合格的话今天就献，因为这是最后的期限了，你看好吗？

　　卜零从来没见老板笑得这么粲然。从这粲然的笑容里卜零再度感受到老板的人格魅力。卜零疑惑过去对老板的看法或许仅仅是主观偏见。老板心里是有数的。只不过围绕着老板的那些人有点差劲罢了。

　　卜零由老板亲自陪着就那么走进献血室。冷冰冰的针管触到她的胳膊时她忽然感到她不过是被笑眯眯地押送进屠宰场的一只小牲口，顿时她觉得那针管寒彻骨髓。她想抽回自己的胳膊，可是已经被一只铁钳样的手牢牢攥住，这时她闻见一股麝香一般浓烈的死亡气息，她看见紫葡萄一般的血的时候就想起那只濒死的一凸一凹的牛眼，那血是如此相像，在许多目光的焦点中浓艳得无法化解。

29

　　几乎是在卜零走进献血室的同时，石的家门被敲开了。石以为是老婆忘带了什么东西。石受伤之后妻子仍然坚持上班。因为上班的地点很近可以随时回来。午睡是肯定要在家里睡的。这时大概是下午两点多钟，妻子午睡后刚刚又去上班。妻子对他的伤势采取一种淡然的态度。

但是走进来的并不是妻子。这是个苗条秀弱的青年女人，白色鸟羽一般轻盈地飘了进来，看上去是刻意修饰了一番，一只鲜红的木制发卡束着一头柔软发黄的头发，同样鲜红的高领无袖长裙勾勒出她纤柔的线条，越发衬出两只银白的裸臂和臂上戴着的银丝玛瑙手镯。她是莲子。

石觉得心脏好像一下子不会跳了。石的惊慌立即感染了莲子，莲子说你怎么了，石做梦也没想到没有那辆暗绿色的萤火虫莲子也能从五十多里之外的郊区找到这里。石说我不是说过让你别来吗？我姐姐马上要回家了今天就要回来，你还是快走吧。莲子垂泪说人家不是不放心想来看看你嘛！只一句话石便软下来，莲子这种女人的无知无能和似水柔情都同样能打动男人的心。石说那你先喝点水吧你自己倒，但是莲子仍然无助地站在那里，两只裸臂像受伤的鸟翅一般垂落着，头微微地向后仰，每当这种时候石便要去解她的扣子了，但是石现在清醒地知道今天无比危险，妻子随时都有回家的可能，石狠狠心说："我姐姐一会儿就来，喝完水你就走。"但是莲子眼泪汪汪地说："你真的不想把我们的关系告诉你姐姐吗？"石坚决地摇摇头。莲子走过来轻轻抚着石胳膊上的青紫说出一句话，石听了这句话后几乎晕厥过去。莲子说："我怀孕了。"

就在石处于混乱状态的时候莲子静静地脱光了自己的衣服，然后从容地在自己身上洒满香水。莲子说来吧我得有好长时间来不了。莲子的肉体在白昼的光线中通明透亮。石说不你得去做人工流产，你得先答应我去做人工流产，莲子咬紧牙关一声不吭，莲子的泪在枕边汇聚成一个冰凉的湖泊，石于是把一切危险都忘了石不顾一切地疯狂地动作起来，那个柔软驯顺的肉体在他的下面呻吟着，直到他精疲力竭地撑起身子他才觉得他太粗暴了。他问莲子他把她弄疼了没有，莲子白得透明的脸上似乎十分迷乱，莲子说没什么我整个身子都是你的，你想怎么样就怎么样，今天让你玩个痛快。石听了这话就觉得心里的热流直烫到眼窝里，他像抱孩子一样把莲子搂进怀里，莲子乖乖地偎依着他，像一只受伤的小鸟。石越发觉得自己罪恶深重。

就在这时门响了。

石惊慌失措地抓起衣裳他无论如何也穿不上，倒是莲子从容不迫地整好床穿好衣裳去开门，石甚至忘了阻止她，石就那么拿着衣裳架着胳膊在床上发呆。他听到门开了，有一个熟悉的女人声音在问："小石在吗？"

## 30

卜零觉得敲开这扇门非常难。像敲开一扇天堂或地狱之门一样难。她等了那么那么久。她身体的一部分好像还在继续淌着血，只是血的颜色已经不那么浓艳了，它们变成了一些浅色的汁液，生命就是由这样一些汁液构成的，如今它们走了，于是仅仅剩了一些躯壳，像浸在池中的苎麻一样摇摇欲坠。

那个年轻女人像一个秀弱的影子一样飘了出来，带出一股熟悉的优雅香气。卜零觉得视觉上再度出了毛病，她很难看清这个女人。在盛夏下午的阳光下，她觉得这个女人缺乏立体感，或者干脆说，她像是一幅女人的卷轴，就那么平平地贴在了门边，被阳光挤出一条瘦瘦长长的影子。

卜零其实并没有特别注意石的惊慌，她过度集中于对那个年轻女人的思考，更确切地说，她在进行关于某种香气的回忆。所以当石向她和盘托出的时候，她甚至在很长的时间里在想，那女人的苍白使人想起浮冰，一种可以被溶成月光那么雪白的浮冰。卜零的脑子里忽然又冒出一句废话：她是被紫鲨鱼吻过的多边形浮冰。卜零之所以有这样美丽的想象，是因为当年轻女人转过身去的时候，卜零看到她后背的拉锁开了，有一抹雪白从华丽的红色中闪出。

年轻女人在临走时用极度疑惑的目光盯着卜零，卜零同样不明白那目光的意义。在那种香气消失之后卜零才闻到一股精液的气味。她看到那个凌乱的床，那是一场大风席卷而去的苍凉墓地。于是卜零用一种墓地般的声音问石，卜零说我记得我曾经给你带过一瓶香水，你说你车上要用的，怎么一直没见你用？石的头深深地垂下去，卜零猜他现在的表情一定生动美丽像个初涉世事的童男子。石说姐姐真对不起我对你没说实话，那香水给她用了，她挺喜欢。卜零点点头。卜零说她可能不知道这香水的来历要是知道了可能更喜欢。卜零淡淡地说这香水是用很多鲜花制成的，那些鲜花都是一色的雪白，加了很多香料和优质的酒精，那个山脚下的小作坊里，有六个鲜花一样的妙龄少女，女老板是个黑衣女人，那女人是个巫师，就是那个给我算过命的巫师，她说过我在春天会遇见一个男人。卜零说到这里就停住了，她看见石的眼睛异乎寻常地惊慌，石向她走来，石说姐姐你怎么了，你到底是怎么了?! 她看到石的手伸向她的额头她就忽然闻见精液的气味，她飞快地挡开他的手她大叫了一声别碰我! 她用了那么大的声音，四壁仿佛反复响起回声。

不知过了多久石才轻轻地说姐姐这事我早就想告诉你就是没有机会。你那次给我看手相说我有三个女人，当时我就想说我只有两个，一个是我老婆一个是她，我和她已经有两年多时间了，有件事我想请你帮忙，我想只有你才能救我们……她怀孕了，你能不能帮她联系个医院……

做人流吗？卜零的嘴角上挂着一丝冷笑。

石点头。

为什么不生下来？这可是你自己的骨血。

那怎么行？我老婆那边怎么办？姐姐我对她是真心，是真心要娶她，可现在不行，可能要一两年以后我才具备娶她的条件，现在这时候，你就救救我们吧！

卜零摇摇头。卜零说不我做不到。而且……卜零古怪地看了他一眼接着说，也可能我们以后就见不到了。

为什么姐姐为什么？

因为……因为我想和韦离婚。我离开韦，也就不会和你有任何联系了。

干什么呀姐姐？都快四十岁的人了还离什么婚啊？

快四十的人是不是就不是人了？卜零说完这句话就向门外走去，在门口卜零又回过头，在阳光下卜零的脸色一片青灰如同戏装中的鬼魅。卜零对石一字一字地说你欠我的，你得还。卜零的脸和声音吓得石胆战心惊。卜零走出很远才感觉到右臂的沉重，她看到那五盘带子仍然拿在手里。那里面好像浸着血液，牛的一凸一凹的眼睛，还有精液的腥气席卷而来，迷离的阳光把行人们分割成了碎片，然后定格。

## 31

　　从盛夏到初秋的三个月是韦一生中最痛苦的三个月。他的痛苦在于他铁的生活规律被打乱了。他不知道怎么对待躺在床上的卜零。那一天，几个陌生人把昏迷不醒的卜零抬了回来，韦着实吓了一大跳。韦想这类文艺型的女人实在乖张，甚至用自虐的方式来引起别人的注意——韦实在不理解卜零献血的举动，而且是在完全没有和他商量的情况下，他认为这起码是对于家庭的不负责任。他甚至想这可能是卜零逃避剥豌豆的一个诡计。自从卜零躺下之后剥豌豆的重任便落在韦身上，韦每天下班之后的第一件事就是剥豌豆，到豌豆季节结束的时候韦的指甲染上了洗不掉的绿色，这绿色甚至被刘总注意到了，刘总笑笑说绿指甲倒没什么，只要不是绿帽子就行。气得韦在当天的梦里向刘总肥硕的脑袋举起了刀子。自从那次合同的事之后刘总老是这么对待他，就在那次韦向卜零和石宣布公司即将变动的消息，并且由此发生卜零跳车小石受伤的戏剧的第二天，韦便得知刘老总已和日方签了堵塞漏洞的追加合同。韦这才自责自己太沉不住气了，好事是不能让别人过早知道的，特别是很有成功希望的好事。难怪那个怪异的巫师举过一支正在滴落的蜡烛作为他事业的隐喻。

　　但韦并不是那么容易屈服的。韦的信条之一便是"善败者不亡"。韦在立秋的那一天第三次走进那座有巫师算命的饭店。三层的那个埃及餐厅呈现出一种衰落的气象。用餐的人们像秋风落叶一样零落而萧条。曾经鲜艳美丽过的波斯花纹地毯现在像树皮一样薄而肮脏，上面洒满了烟头的灼痕。巫师已经回国了。原来她算命的那张桌子依然摆在那里，布满了灰尘。在放置水晶球的那个地方现在放着一盏巨大的花瓶式台灯。韦想巫师的口袋大约已经满得要溢出来了。不知那个巨大的水晶球如何放置在飞机上。或许会放在空中小姐的座舱里，巫师吃完中国式烤鸡之后，或许会利用剔牙的工夫给哪位运气好的小姐算上一命，然后带着一种玩味的态度去欣赏小姐美丽的脸上或狂喜或忧伤的表情。当然，如果发生空难那么那水晶球就会飞出窗外碎裂成无数繁星，若干年之后再以陨石的身份返回地面。

这时一位小姐拿着菜谱走来，轻声问："几位？"

韦像被别人追逐着似的逃离那家饭店。那个花瓶式台灯的昏黄灯光令他昏昏欲睡。这件事他当然没有告诉躺在床上的卜零。他觉得卜零的形象在他眼里越来越模糊，他惧怕这个模糊的形象。他觉得躺在床上的这个女人就是一种情欲的化身，她像一团烈火一样可以毫不费力地吞噬他，他过去天天盼着她会安静下来会像古井水一样波澜不惊。她现在真正安静下来了，她的眼睛从早到晚盯着天花板，对任何事情都毫无兴趣，但是她仍然使他害怕。有一次他明明听见她在嘟囔着但他问她说什么的时候她却断然否认，而等他刚一转头便清楚地听到她在说什么"紫鲨鱼……浮冰……"

他断定她是走火入魔了。因此当他回家后看到她，听她说老板来过，单位通知把她除名的消息之后，他本来以为又是她幻想的什么故事情节。

## 32

但是老板送来的大包慰问品还摆在那里。有月饼、葡萄、莱阳梨、红富士……还有一大堆冷冻食品。所有的礼品加起来有上千元了，老板说是单位"慰问献血的同志"的，老板语调亲切真挚，谈吐幽默而迷人，老板连说了六个笑话，这些笑话确实很好笑，卜零已经有好久没这么愉快过了，老板在说完笑话之后就把头转来转去地看卜零家里的陈设，老板说你家很朴素呀，你先生不是大老板吗？卜零说我先生是那种挣不了钱的大老板。老板说我可是听说你是大款的太太，出门就坐超豪华车的，单位这点钱挣不挣对你来讲算不了什么。卜零说那太冤枉了，对我来说单位这点钱是我的全部。老板听到这里好像吃了一惊似的，老板说那太糟糕了，这简直是个天大的误解。卜零惊讶地看着他。老板显得很沉痛地说有件事我不能不告诉你，下个月你就不要去单位上班了。卜零的反应出乎老板的意料，在宣布这类消息的时候对方几乎一律地要大哭大闹寻死觅活，倘是男人便要大发雷霆以死相拼，但卜零的反应似乎过于平静，以致老板以为她还没听懂。于是老板进一步解释说单位的情况你也是知道的，僧多粥少，上级领导从年初开始就想裁人，有人向他汇报了你的情况，说你长期完不成任务动不动就不上班，这次参加献血的同志最多休了二十天，可你连休了三个多月，也没有假条，领导在这次中层干部会上点了你，我为你争了很久，可没用，所以……卜零仍然一语不发，但是老板发现卜零的眼睛里出现了两朵绿色的火苗像蛇芯子一样喷吐毒光，但卜零的嘴角上似乎还带着笑意那是一种"毒笑"，老板不知为什么有些害怕，接着卜零说出一句话来更加让他恐慌。卜零看着他的眼睛说老板你说的这时间不对吧，我想裁人的决定应该在我献血之前，我猜得对吗？老板的肌肉在微微抽搐老板到底是英雄好汉，老板想结束这场无意义的谈话了。老板说：你真聪明，充满智慧。卜零笑笑又说出一句让人惊心动魄的废话，卜零说这个时代的智慧是一种通往绝境的智慧。卜零在说这话的时候平静如水。老板惊奇地发现卜零又有新的变化，这个女人的脸仍像过去一样妩媚，但那丰富的表情却已荡然无存。没有一根线条能够泄露她的内心秘密。就是过去那双可以一览无余地看到她内心世界的那双眼睛，现在也不过像一面玻璃镜那样镶嵌在脸上，从里面折射出的正是对镜者本人。老板在站起身的时候说你这句话可以进名言录了，为了你这句话我请你喝咖啡。晚上八点，花非花咖啡厅。

　　老板走出去的时候仍然在想卜零的变化。卜零这个女人在他心里始终是个谜。往往是他自以为已经完全掌握了她的时候，她会忽然有一种新的谜一般的变化。老板刚刚调到市台时第一个注意到的就是卜零。这个女人并没有标准美人的脸，却从整个表情和体态上充盈着一种生动和邪媚，给人一种"异邦异族"的感觉。老板开始的时候很对卜零动了些念头。应该说这种念头对于老板这样的人是很不容易的。演艺界美女如云围绕着老板，每天都有人给老板打饭、打水、清扫办公室乃至做各种各样的事情，要知道是老板在决定着生杀大权。可是卜零好像一直把他视作一团空气，老板觉得这个女人在用轻蔑毁灭着他，使他产生一种失败感。更让他不能容忍的是卜零常常不顾场合地顶撞他，譬如有一次开会的时候，老板为了活跃气氛，谈到《南国红豆总相思》里关于雪白的颈子的描写，老板说他当时就向作者提出过删改的问题，但作者修改的结果却是增加了两次强奸，老板和众人哈哈大笑，卜零站起来说老板你说话不能完全不顾事实，据我所知根本就没这回事儿这纯粹是演绎。老板说比"春天踏着湿漉漉的脚步走来了"还演绎吗？众人又是一阵哄堂大笑。卜零却继续认真地说这两句话根本不可比，因为我的话最多受人嘲笑而你的话伤害了别人。说完了这句话大家就安静下来，老板从那时开始就想把卜零请走了。

但是老板的好奇心使他犯了一个错误，他想探究这个女人之谜而约她去喝咖啡，他觉得如果不把卜零作为他的部下而把她作为一个纯粹的女人来交往的话，也许会有味道得多。但是他忘了考虑代价的问题，以致犯了一个对于他来讲十分罕见的错误。

## 33

老板走后大约十分钟的样子卜零起床对镜梳洗。卜零好久没有照镜子了，卜零觉得好像过了一个世纪那么长。但是镜里的女人依旧。稍稍瘦了一点，眉宇间却有了一种决绝的神气。卜零用了最精美的迪奥粉底霜。她挑了一种淡赭石色，这种颜色和她的肤色很相配，并且使皮肤发出一种瓷一样晶莹的粉彩。唇膏她用了浓艳的深绛色。然后她戴上两只很大的锡制耳环，一个美丽的阿拉伯公主就在镜中出现了。她发现自己似乎很适合浓妆。

后来她从镜中看到了韦推门进来。她没有回头，就在镜中注视着韦的脸说老板来过了，单位已经把她除名。韦听了之后好像并没有什么反应。卜零说我要出去一趟晚上要晚点回来。韦这时才看到老板送来的东西韦说这么说你们老板真的来过了？卜零说当然是真的我虽然献了血可脑子还没献出去。韦这才有些恐慌韦说你刚才说什么你们单位把谁除名了？卜零这才回头看着韦指了指自己的鼻子，卜零说你的老婆从今后就要靠你养活了，韦总你不害怕吧？韦一下子跳起来韦的身体里像装了一条暗簧似的，韦大吼着说你不要处处犯神经病，平时你一点小事就掉眼泪可现在这么大的事你倒不哼不哈了！快把你们老板的电话给我，趁还没有公布之前做做工作还来得及！卜零冷冷地看着他，卜零说你要怎么样？求他吗？韦说当然难道你现在还放不下你的臭架子！现在多少下海的人又折回来找铁饭碗，端个铁饭碗容易吗？你什么都不懂，告诉你你要是想让我养门儿都没有！我没有这个义务我不会给你一分钱的！……别废话了快把电话给我！卜零说我要是不给呢？韦说那我就直接到你们单位去找老板！卜零勃然变色，卜零说你要是敢迈出这个门一步，我就杀了你！卜零说这话的时候眼睛里又冒出那种绿色的火苗，这种绿色使卜零看上去充满了雌兽的气味。韦有点惊慌但立刻用冷笑掩饰了这种惊慌，韦冷笑着说你不就会窝里横吗？你在你的老板面前怎么什么都说不出来？你看上去挺聪明，其实是个不折不扣的笨蛋！笨蛋笨蛋！……韦就那么长笑着转过头去，但是韦的笑容很快就定格在脸上了，而且是永远刻在脸上。就在韦转身向外走的那一瞬，卜零用一根很长的冰冻里脊击中了他的后脑。

　　这根冷冻里脊是老板送来的冷冻食品的一部分。冻得很结实，像一根粗大的铁棒。卜零清醒地记起曾经读过一则著名的英语小故事，故事里说有位女士杀了她的先生，用的是一只冻硬的羊腿，在警方来调查的时候，这位女士把羊腿放进烤箱里，待警方搜查一无所获准备离去的时候，她很热情地请警察们享用美味的烤羊腿。这个小故事中表现出的智慧是一种属于女人的独特智慧。这的确是一种通向绝境的智慧。

　　所以卜零把烤箱打开，把时间定在五十分钟，把冰冻里脊放了进去。然后卜零盛装走出大门。

# 34

卜零在走到这一片街区的时候记忆有些模糊。在她的记忆中好像没有这座宫殿式的建筑。这座建筑的外墙是由一系列长长的画廊组成的。这些古怪的画充满了动人的官能之美。那些淌着血的树林里，有蓝色的鸟羽在飘动，树林的阴影覆盖着湖面，湖里的鱼聚在阴影处吸吮着绿荫的凉意，蝴蝶和蛇在树林里藏匿，它们没有任何隐喻或象征的意义，一个面对画面的女人冷冷地呆立着，还有色彩浓艳的裁缝或小丑在怪笑，他们似乎都处在无生无死的境界，这画廊使人想起一个狭长的活体解剖室。在那树林的深处，好像随时都会有幽灵从里面飞出来。

就在卜零犹豫着的时候，她看见宫殿式建筑里走出来两个人，都穿着白大褂，她这才恍然大悟。原来她要找的医院确实是在这里，不过是改装了一下门面而已。接着她发现那两个人其中之一就是她要找的人。那是她唯一的医生朋友。那医生管理着一种剧毒药品。

那医生把她让了进去。医生的模样没变，仍然留着一绺小八字胡。当医生听到她需要的药品之后并没有任何惊奇的表示，只是简单地问：你用它做什么？卜零说我先生是摄影师他做暗房的时候需要这个。卜零刚刚说完就后悔了她忽然想起前次曾告诉医生先生在公司里工作，但是医生似乎根本没介意卜零的回答，他再没问什么。医生走进里屋拿出了一小瓶药，看上去只有小指甲盖那么一点点，医生说每次只能用百分之一。让你先生一定要戴着胶皮手套操作，事后一定要好好洗手，医生送卜零出门的时候还在叮嘱。但是这话让卜零听起来更像是一种职业性的医嘱。

花非花咖啡厅就在斜对面的街角处，旁边是一个小邮局。卜零像影子一样闪进了邮局，她奇怪的是没有任何人注意她，卜零觉得自己好像已经秘密地穿上了一件隐身衣。卜零在填写汇款单的地方悄悄拿起一瓶墨水，卜零迅速地把那一小包东西倒进去，然后掏出钢笔吸了几下墨水。卜零没有忘记在出门的时候把剩下的墨水洒在外面的土地上。

卜零走进咖啡厅的时候老板已经等候多时了。老板刻意修饰了一番，显得风度翩翩潇洒自如，老板是那样亲切善意地对待她，这真是个迷人的男子，卜零觉得和他谈话真是一件愉快开心的事，他们谈得十分投机，精彩纷呈，很多美丽的语词像肥皂泡一样从他们的嘴里源源不断地喷吐出来，卜零觉得不记录它们真是太可惜了。老板说你是个很有趣的女人，这我没猜错，我希望我们以后可以常常有这样的谈话，并且，不仅仅是谈话。老板说完这话就意味深长地看着卜零。卜零也心领神会地看着老板，眼神既娇羞又有一种邪媚，卜零的表情恰到好处，以致连老板这样的人也感到心旌摇荡。但这并不妨碍卜零在老板去洗手间的时候向老板的杯子里挤出几滴墨水。卜零挤得果断而准确，没有一滴洒在外面。

卜零走出咖啡厅的时候老板已经趴在桌子上了，那样子像是熟睡。卜零走出去的时候仍然没人注意她，因此她觉得这一切真是太简单了，简单得让人觉得乏味。

## 35

卜零回到家里。卜零依稀记得家里的地毯上应当有一个人，但现在地上空空如也。卜零知道自己的时候不多了，于是她很快拨通了石的电话。在听到石的声音的时候她战栗了一下。石说姐姐怎么这么长时间没你的消息，你怎么了生病了吗？卜零没有说话，她觉得自己一张嘴似乎就会流下泪来。石在那边又说，我给你打过电话，没人接，刚刚还打过，我已经好多了，再过两天就能给韦总开车了。卜零的眼泪已经流下来她半张着嘴像鱼一样艰难地喘着气，她手里拿着的水果刀已经滑落在地毯上，但就在这时她闻见了香水和精液混在一起的味道。她闻见这股味道就想作呕，于是她脸上的泪水就那么一下子干涸了。她在电话里对石说：你来吧，来看看我。

　　石走进来的时候卜零已经重新化好妆。此时正是晚上九点钟。石进门就闻见一股鸡肉的香味他觉得这个家是那么温馨。卜零正在做枸杞炖鸡。卜零走出来的时候石大大地吃了一惊。卜零穿着漂亮的阿拉伯长袍戴着锡制耳环化着浓妆显得明艳逼人。石想起他看过的电影《后宫》。那个美丽的在苏丹后宫浴池里洗浴的女人。那浴池里撒满了鲜花。想起这个石的脸就红了。卜零微笑着给石端来一碗枸杞炖鸡，卜零说我早就想请你吃我亲手做的饭，你吃吧，以后也许就没机会了。石埋下头来吃，石的眼睛里充满了感激。石问姐姐我托你的那件事怎么样了？卜零看着他，眼里流露出掩饰不住的忧伤。卜零说就是你那个情人的事吗？哦我正在办，我认识一个大夫——说到这里卜零忽然哆嗦了一下，她惘然四顾，好像想起了什么，但是很快她便平静了。她微笑了一下，她的微笑异常明媚。石觉得像是一股雪天里的泉水在流动。石说姐姐你怎么变得这么漂亮像个公主似的？石说完这话脸又红了，卜零笑笑说我给你跳个舞吧，你看看公主怎么跳舞，愿意吗？石抬起大眼睛看着卜零，他隐约觉得有点什么不对头的地方，但是还没容他细细思索，卜零就扭动身体跳了起来。卜零跳得的确很美，她双臂上举，身体颤出许多优美的波浪状弧线，但是石很快目瞪口呆地看到，卜零每转动一圈便脱下一件衣服或饰物，卜零脱下它们就远远地扔掉像丢掉什么垃圾似的。

终于卜零全身赤裸着站在他面前了。石捂住了脸。但指缝里仍能看到他红得要冒血的脸。他的眼睛又出现了那种潮红，潮湿得仿佛要渗出水来。卜零毫不留情地把他的手扯开。卜零的眼睛像星星一样在他眼前飘闪聚散，卜零轻轻在问：我美吗？石的潮红的眼睛里全是乞求，石的眼前一片红雾什么也看不清，但卜零并没有放过他，卜零恶狠狠地一把揪住他的头发：说啊，回答我啊！连这句话都不敢说，你是男人吗?! 石像被击中了一样清醒过来，眼前的人不再是老板娘或者其他什么，她不过是个女人，一个充满动感的肉体，比起莲子，这个肉体饱满得快要炸裂，成熟得快要滴出汁水。这肉体的每一根线条都颤动着一种残忍的狞厉之美，那似乎是一种决绝的召唤，一种远古时代的金钺之声的回响。石站起来，像古罗马的斗士一样抓住了这只雌兽，他在抓住她的时候好像吼叫了一声。

事后卜零无数次地回想她是从什么地方找到那把水果刀的，梦中的记忆总是不大清晰。卜零的皮肤像光滑的古绸缎一样呈出淡淡的赭石色，当石的大手触碰到这皮肤的时候卜零打了个寒噤，那是一种长久渴盼之后的逆反，恰如一个饿过头的人见了饭就恶心似的，但是最重要的，是卜零再次闻见了香水和精液混合在一起的味道，从那股味道里她看见了紫葡萄一般浓艳的血。这血洗清了她的全部羞耻。她觉得自己比任何时候都清醒。情欲已成为身外之物而遭到弃绝——她不知道这是超越还是更大的不幸。她看见石像一只发情的狗一样匍匐在她的脚边，含混不清地喘息着，她带着一种不动声色的玩味态度不断地撩拨他却让他无法得逞。她看见石的肉体徒劳地翻滚着，眼睛仿佛要滴出血来。卜零微笑了。卜零的全身心都在享受着复仇的快感。在两性战争中，她觉得战胜对方比实际占有还要令人兴奋得多。

卜零刺向石的时候重复了那天的话，卜零对他说，我说过你欠我的你得还。现在，你还吧。但是石比那两个男人难对付得多。水果刀深深地扎下去，却没有血。她感到刀尖像是刺向了一团水，石的皮肤可以和刀尖一起向下无限压缩，然后再随着刀尖膨胀起来。卜零惊慌起来她的刀落得又急又快，但是石的身体却像水那样不断变形完全不受伤害。卜零大汗淋漓真希望这不过是一场梦魇。

这场梦的结尾处是走进来几个警察模样的人，为首的一个人高高举着逮捕证。卜零看到他的眼里藏着阴险的笑意，她在刹那竟感到他是巫师的化身。

## 36

韦回家后在楼下信箱里找到了一封奇怪的信，那信的背后粘着一支山鸡毛。信是写给卜零的。

卜零睡梦中的脸全是汗水，嘴里不断地说着梦话，韦相信她一定是在做噩梦。韦推醒了她。卜零刚睁开眼看见韦的时候很惊慌，那样子就像是见了鬼似的。

卜零好不容易才确信眼前是一封鸡毛信而不是逮捕证。卜零慌慌地拆开信。信是阿旺写来的。阿旺说爷爷听说卜零用戒指换香水的事，很过意不去，爷爷现在已经把戒指从大姑手里要了回来，爷爷说欢迎卜零再次去佤寨，爷爷说："卜零老师很可能是我们的族人。"

卜零看信之后呆了半晌。接着她看见旁边的桌子上放满了食品。卜零皱着眉头问这些吃的是谁送来的，韦看了她一眼说你这人怎么了献点血连神经也献出毛病来了？这不是你们老板送的吗？你还说你们单位把你除名了，咱们还吵了一架然后我就走了，你怎么都忘了？卜零呆呆地说："这么说这一切都是真的了？"韦说："你说什么？"卜零说："没什么，但是我记得老板送来的是两根里脊怎么就剩一根了？"韦看了看说这我倒不记得怎么几根里脊你倒记得挺清楚，卜零的神色有点诡谲卜零说那你今天怎么回来这么早，韦瘫坐在沙发上双手抱头说今天也不知怎么搞的后脑勺儿疼，刚才那阵可真疼现在好多了。卜零使劲儿捂着嘴才没叫出声来。她感到前所未有的恐惧。然而接下来韦的电话更使她的恐惧达到了极点。

韦拨了石的号码让他翌日上班，韦听了几句话就把电话挂上了。韦皱着眉头说小石这人怎么搞的，休病假还休上瘾了，说不知怎么突然心口疼，人儿不大毛病还不小！卜零听了这话之后就走到阳台上。卜零看到晴朗的夜空里星光灿烂，双鱼星座仍然在老位置上，那一对鱼形的脉络似乎比其他星座更加纤美。卜零想明天一定要给老板打个电话。卜零想说："喂，你认识花非花咖啡厅吗？"

## 37

卜零从车站买票回来已经很晚了。她买了一张去佤寨的卧铺。她想上次的确是太匆忙了，那夕阳下的有着美丽岩画的佤山，那神话般的小作坊，那六个鲜花一样的少女，那个黑衣女人，那寨子里敲响的木鼓，那些篝火和舞蹈，甚至那只流出紫葡萄一般浓艳的鲜血的牛……这一切都成为一位佤族老人的背景。那老人的灰白头发闪着忧伤的光泽，老人把一枚戒指放在她的手心里，老人说孩子你戴着吧，魔巴摸过的玉石会保佑你的。

卜零看到街心花园里有几个孩子在玩。在秋风里追逐着，有一个男孩手里拿着一只弹弓。卜零好久没见过这玩意儿了。现在的孩子被变形金刚占有着很少对别的什么有兴趣。卜零走过去拍拍那个男孩的头，卜零说让我玩玩好吗？男孩点点头困惑地看着她。卜零说阿姨小时候打弹弓可准了，现在你也未必玩得过我，男孩指着遥远的夜空说阿姨你要是能把星星打下来我就服你。卜零笑了卜零说好啊然后就夹了一块石头把弹弓高高举起，卜零用尽全身的气力把石头射向双鱼星座。那个小石头向夜空里飞去，像流星一样瞬息即逝。

也就是在这一瞬间，天边的一扇门悄悄地开了，上帝本人探出头来。上帝看见了那个不安分的夏娃的后裔。上帝隐约记起在伊甸园里夏娃的恶劣表现。为了偷吃智慧树的禁果，上帝给予了她最严厉的惩罚：让她妊娠，让她流血，让她忍受比男人大得多的苦痛。但一切已经迟了，因为她已在男人之先吃了那禁果。上帝想到这里不免有些沮丧，他不再看那个不自量力的女人一眼就关上了天门。他把天门向女人永远关上了。

这时石子陨落，天边传来遥远而空寂的回声。

# 父亲是个兵

邓一光

父亲不是兵已经很久了。

1992年父亲和一大批老兵一起摘掉了帽徽领章，彻底告别了职业军人生涯，成了一名普通得和大街上那些踽踽而行的退休工人没有什么两样的老百姓。父亲因此和所有同他一样的老兵一起，得到军委三总部颁发的一枚勋章。那枚勋章，据说含金量极高。

20世纪60年代末期，那时候父亲五十多岁，身强力壮，思维敏捷，刚从南京军事学院高级指挥学习班毕业。父亲的各科目成绩非常优秀，他为这个得意万分，他说他过去在部队里扫盲时学习成绩就特别出色，他说他就算一天书也没读过又怎么样？他说那些知识分子算个啥？不知道是弄错了还是根本就没弄错，父亲在拿到毕业证书后没有几天就接到了离职休养的命令。一个月后，父亲带着他的妻子和五个孩子搬进了雾城重庆市一位彭姓买办留下的一座幽静的花园，从此再也没有走进过军营。

父亲的身体很健康，直到三十年后的今天，他的身体状况依然良好。

父亲断断续续不戴领章帽徽的时间至少有十五年。十五年的时间绝对不算短。虽然父亲摘掉领章帽徽之后仍然穿着军装，那个样子却有点不伦不类。我一直认为军装的威风神气，完全是领章帽徽的功劳。如果没有了领章帽徽，那身国防绿实在呆板得很。

父亲永远穿着军装，风纪扣扣得一丝不苟，在最热的季节里，他也从不解开扣子，一任黑水白汗浸透军装。父亲也不是没有便服。70年代后期母亲为父亲做过两套中山装，买的是最好的呢料，请的是最好的裁缝，衣服做好后，我见父亲试过，样子很呆板，一点也不像父亲。好在父亲并不常穿。或者说他根本就不穿。那两套质量不错的中山装，后来基本上成为虫子和樟脑球的战场了。

父亲脱去了军装，已经不是兵了。但是时不时地还有是兵的叔叔伯伯到家里来看望他。他们大多来自很远的地方，匆匆地来，匆匆地走。那些年纪或大或小的兵临走时都对送出大门的我说，你的父亲，他是真正的兵。

父亲脱去军装的那一天，他把自己一个人关在屋里待了很久。那一天，广州军区一位少将来干休所颁发勋章。那枚勋章家里人谁也没有看到过，仿佛它在一开始就被父亲埋葬了。父亲这一生得到过许多的奖章，其中他最看重的是"红星勋章""独立自由勋章"和"八一勋章"。这三枚勋章分别放在三只小盒里，小盒里铺着枣红色的金丝绒，许多年之后，它们已失去了新鲜的光泽。父亲一直闭口不提他最后得到的那枚勋章。母亲曾经问过这件事。母亲说："老头儿，你是不是领了一块金牌？"母亲之所以这么问，并没有别的什么意思。母亲在很多方面和老式的家庭主妇没有什么两样，对鸡毛蒜皮的小事爱咋咋呼呼，而对严肃的话题却漫不经心，何况院子里都在传说，那枚勋章和以往的勋章不一样，是用纯金铸的，很值些钱。母亲对金子谈不上什么爱好。母亲年轻的时候热衷于工作，上了年纪以后迷上了老年迪斯科，另外还有国画。母亲的葡萄画得炉火纯青，可见在大器晚成方面齐白石并非是唯一的奇迹。对于那枚勋章，母亲只是普通的好奇罢了。

母亲这么问，当时父亲说了一句很粗鲁的话。准确地说，那是一句骂人的话。母亲听了很生气。母亲仅仅是生气，也不能把父亲怎么样。这件事说到底本来就不关她什么事，她就是想吵架也没有理由。母亲是40年代的中专生，40年代的中专生属于知识分子，知识分子吵架是要有理由的。

父亲那一天一直把自己关在屋里，他待在屋里一声不吭。出来吃过一顿饭，什么话也不说，也不怎么向他一向喜欢的红烧肘子伸筷子，吃过饭之后又回自己的房间去了，把门咣当一声碰上。但也没有发生别的什么事。

那天母亲去老年大学上课，回来晚了，回来以后就忙着做疙瘩汤。我对母亲说："爸爸今天脱军装，咱们是不是买点菜回来，家里庆贺一下？"母亲诧异地看了我一眼，说："那是为什么？又不是逢年过节。"我想解释一下。我想说，对于父亲，今天比一百个年加起来还重要，比一千个节加起来还要重要。但是我最终还是没有说。在母亲看来，父亲穿什么都是一回事，除了军装洗起来比较容易一些，别的没有什么损失。至少在母亲眼里，父亲脱军装算不上什么节日。

那天的天气差不多是一年中最好的，暖洋洋的。太阳在很长一段时间里都挂在那里一动不动。有点小北风，但也只能把院子里的干葡萄叶子吹到水沟里去，仅此而已。

父亲扛枪当兵这件事不是偶然，可以说它是顺理成章的。那个年头贫瘠的鄂东大别山区成了贫困农民的天下，有好几种政治力量都派出火种手到千里大别山来煽风点火，使庄稼不景气的乡下呈现出另外一种欣欣向荣的朝气。

父亲那时还是个半大的孩子，多半是为了聚众的习性，父亲参加了少年赤卫军，为成年人的武装组织做一些打杂跑腿的事，这些事和种田无关，带有一些打破常规的刺激，因此让父亲喜欢。父亲那个时候没有参加白枪会、红枪会、保安团或者别的什么组织同样是必然，因为父亲的大哥是"苏维埃政权"的村主席，父亲小小年纪，自然不会也不敢和自己的大哥对着干。

父亲在赤卫队里站岗放哨送信只是业余的，更多的时候父亲是在为一个比较富裕的远房亲戚喂牛，另外在农忙时节还得为主人打短工，年薪一石糙米。父亲喂两头牛，他承认那个活并不重，喂两头牛而且能挣得一石糙米使得父亲在家中有一种不吃白饭的自信和自得。

促使父亲最终成为造反者的原因并非是赤贫，而是自尊心。那个富裕的远房亲戚对雇工们十分祥和，冬天的时候他们一块儿蹲在太阳下笑眯眯地抽着旱烟袋说话，说女人的邪话，嗦嗦地笑，那幅情景是很让人心暖的。那个富裕的远房亲戚和雇工们一起干活，而且他总是抢重活干。富裕的远房亲戚生了四个儿子，全都能干牛马活，又和人合开了一爿粉房，生产白而细的绿豆粉丝，这才是他致富的原因。对于这种原因没有人会觉得不应该。

那一年的阳光十分充足，十几把锋快的镰刀昼夜不歇地刈麦，也没能抵挡住见天熟透的谷粒一片片地掉落在泥里。主人十分焦急，赶着一家老小和十几个雇工没日没夜地忙活在地里。人们疯了似的用钢镰割倒稻秸，把它们东一堆西一堆扛进晒坝。那些天晒坝里黄尘滚滚，灰蒙蒙不见天日。人们大颗大颗淌着汗水，不停地咳嗽，朝粮食堆里吐痰，并且把粮食扬到天上，再装进布袋里。主人站在地垄边大声地吆喝着："伙计们，尽力割呀！今晚有烧酒蒸肉犒劳！"主人说话算话，当晚果然就有烧酒蒸肉端上饭桌来。醇香的烧酒里掺了不少水，喝起来甜丝丝的，像浸泡过麦芽，让人止不住地一边喝一边打喷嚏。雇工们都说酒是好酒。酒是好酒，可是主人却不该让大伙儿吃蒸肉。不是大伙儿不想吃，相反，大家非常想吃，简直想吃极了。并不是一年到头都可以吃到蒸肉的，也不是每一家都可以端出蒸肉这道菜的。但是主人确实不该把那样的蒸肉端出来给雇工们吃。蒸肉一块块足有四指厚的膘，白花花颤巍巍卧在喷香的霉干菜上，让喝酒的人眼珠子一个个几乎掉了出来。雇工们整齐地咳嗽起来，把嘴里的烧酒喷得像下雨一样。主人热情地说："吃吧，快吃吧。"大伙儿就迫不及待地伸出筷子。慌乱中好几双筷子在空中碰到一起，弄得喊里咔嚓一阵乱响。主人的两个儿媳妇在一旁看了，躲到一旁哧哧地笑。父亲在忙乱之中夹到了一筷子干巴巴的霉干菜，这使他十分沮丧。父亲的第二筷子准确多了。父亲当时想，他的速度比大人们慢了一拍，等到他吃完第一块肉，别人就该吃第二块肉了。这个念头让父亲显得灰心失望。可是父亲并没有在吃第二块肉的时候赶上大家。父亲并没有吃第二块肉。父亲连第一块肉也没能吃下。并非父亲一个人，所有的雇工都没能对付了他们夹进自己嘴里的那块肉。那碗样子十分诱人的蒸肉根本就没有蒸熟，它只不过是被主人象征性地放进蒸笼里蒸了一下，完全还是生猪肉。主人笑眯眯地站在一旁招呼说："吃呀，怎么不吃了？都愣着做什么，都吃。这足足一碗肉，够你们撑的。"雇工中打头的脸上带着尴尬的笑，代表大家对主人说："七爹，不是我们不吃。我们想吃。我们想吃但没法吃。肉没烂呢。"主人听了很生气。主人说："这是什么话？你这是什么话？肉当然没有烂。肉当然不能烂。肉怎么能烂呢？要烂了，你们这些馋鬼，你们寻思一下也是不会的，叼住就滑溜进肚里了，哪里会知道肉是什么味道呢？"

　　父亲从来没有说过那块嚼不烂的生猪肉是促使他造反的原因，这只不过是我的猜测。1932年秋天被还乡团通缉追杀的不只是我父亲一家人，还有不少人的名字在名单上。这些名单中间的有一些人并没有逃走，他们在别的什么地方躲上几天，到来年开春的时候陆陆续续地回去了。他们中间有些人至今还好好的活着。父亲跑出家去参加红军，肯定有着类似自尊心受到了强烈伤害的原因。事过五十年之后，我随父亲回到顺河老家，父亲带着我去拜访过一位老人。老人是我家一位亲戚，论辈分我该叫七爷。七爷的绰号叫"地主"，因为他在五十多年前曾经当过红四军经营处的军需主任，管过整箩整箩的银洋和烟土，大家就这么叫他。1932年秋天七爷随撤退的队伍走出了几百里地，他放心不下将要临产的妻子，心里惦念着妻子给他生儿子还是生丫头，又跑了回来。七爷并没有被杀死，以后就守着老婆孩子种地过日子，一过就是五十年。我随父亲去看七爷的时候七爷正蹲在屋檐下挖鼻屎，涎水长线似的糊了一身。一个五十岁左右猥琐的汉子抱着一只鸡婆在捉鸡虱子，看见我们走来就傻乎乎地冲我们笑。

我想他大概就是七爷当年放心不下的那个宝贝儿子吧。

在我们那个家族中，父亲是加入闹红队伍中年纪最小的。他只是看到他的两个哥哥，几个叔伯堂兄和他的七叔都这么忙碌着，他们在腰里扎着子弹袋的样子十分威武。父亲作为一个正在长大的男人是十分羡慕这份威武的。

我的大伯是东冲村的村苏维埃主席，三次反围剿的时候带着村赤卫队参加了红军，成为一名红军营长。我的二伯是麻城县独立团的敌工干事，专干铲奸肃反的事。他万万没有想到两年后自己也成了肃反的对象，做了自己同志的刀下之鬼。

大伯随着红四军撤离了鄂豫皖苏区，同时离家出走的还有那几位堂伯堂叔。二伯的独立团此时正急急地躲进杨真山中，他们日后几乎再也没有从大山里出来。乘顺区满是穿着狗屎黄军装的皖系十七师的兵，还有头上缠着红布条的河南光山杨大山的三枪会会众。十七师的兵和三枪会的人在进入乘顺的当天就大开杀戒，到次年开春时整个乘顺地区有十几万人被杀掉。被杀掉的人有时候没有人收尸，就被抛入举水河中喂了鱼，有人亲眼看见举水河中跃出足有小牛犊大的鱼来，那是鱼吃人吃出来的结果。

一位亲戚从镇上看女儿回到村里，带回了对东冲村三十八名"红匪"通缉的消息，我的大伯是头一个，二伯和父亲都在其中，悬赏的价码足以让任何一个种田人动心。父亲当天夜里离开了家乡，想投奔他的大哥。他第八天在河南境内追上了红四军，成为军部手枪队的一名战士。父亲却最终没有见到他的大哥，1933年3月，在巴中保卫战中，大伯奉命带一个营驰援，死在战场上了。

父亲也没有再见到我的爷爷。1950年当父亲怀里揣着一包银圆坐着一只小船渡过举水河踏上家乡的小路时，我爷爷的坟头已经开过一茬白色的苦艾花了。

父亲的倔强脾气使我们一家人都吃尽了苦头，尤其是他褊狭的恋乡情结，几乎毁了我的整个前途。

父亲在他休息后的第十五个年头开始念叨他的"归去来兮"经。在这之前，他一直没有放弃过重新工作的期望。他一直以为那一纸休息的命令只是暂时的，他还有复出的希望。他就那么等待着，苦苦而又痴心不改地等待着。他等那份根本没有出现的命令等了整整十五年。父亲在重新工作无望后决定回到他出生的地方，他想要回到他的麻城老家去，做农民或者做"寓公"。这个念头十分强大地统治了我们家十年，直到父亲的预谋得以实现。

父亲在休息之前一直做军事指挥员，没有搞过政工，虽然在1945年国共和谈破裂以后父亲曾在极短的时间里当过几天参谋长，但这并不能说明他就懂得谋略。父亲的谋略才能是在他休息之后才被挖掘出来的。他那时有了大量的时间和精力来总结自己，同时也有大量未曾释放的欲念需要疏导，这就促使父亲由一位勇士痛苦地变成了一位智者。

父亲当然并不仅仅是自己回家乡，他还要把全家都弄回老家去。父亲甚至希望他的孩子中有一个能和他一道回到老家那根本就不怎么长草的土地上去种庄稼。在我的其他几位兄弟姊妹都当了兵之后，父亲把希望的目光对准了我。我在中学毕业后成了一名知识青年这件事使父亲的希望有了实现的可能。父亲怂恿我回老家当知青。父亲说："当农民哪儿不能当？你守在四川这个穷地方干什么？"我说："四川怎么是穷地方，四川是天府之国。"

父亲不屑地反驳我说："天府在哪儿？之国在哪儿？你拿出来我看看。连个鱼也吃不上，还什么天府之国！回家乡去，家乡的鱼吃得你哭！"父亲这么说，他不但说，还付诸考察，为此他专门带着我回了一趟麻城。

我发现一踏上回家乡的路，父亲的忧郁心情就一扫而光。小船载着我们渡过举水河的时候，父亲敞开大衣双手叉腰昂首挺胸站在船头上。他心情极好地指点着告诉我，他在哪个沙丘上偷吃过四婶地里种的花生，被爷爷打过屁股；他在哪个深潭里摸过鱼虾，差点没淹死。父亲敞开肺腑大口地呼吸着河面上腥潮的空气。父亲快乐地说："妈的，这儿一点也没变，还是老样子。"父亲眨巴眨巴眼睛小声对我说："小子，回家第一件事就是让你饱饱地吃一顿鲜鱼。不是一条鱼是一顿吃它几十条。"父亲从称呼他"三爹"的摇船后生的鱼篓中拎出一大挂鱼，对小伙子说："剖干净，洗一洗，回头给我送去。"我看着那些一寸来长的柳条鱼，哈哈大笑起来。我觉得父亲他实在是一个懂得幽默的人。

在爷爷留下的那栋干打垒小院外面，父亲被一个小石子绊了一下，差一点跌倒。父亲把他的皮大衣往我怀里一塞，跌跌撞撞往里走，一边大声叫道："嫂子！嫂子！我回来了！"我的瞎了一双老眼的大婶战战兢兢地扶着门框走出，什么也看不见地说："是三毛？是三毛吗？三毛你回来了？"父亲冲进院子，抢前一步挽住了大婶，父亲就在二月的阳光下，在老邓家遍地麦秸和鸡屎的老宅的屋檐下，扑通一声给大婶跪下了。大婶说："三毛快起来，三毛你快起来。"父亲说："不！"父亲他眼眶里涌满了泪水。父亲他就这么跪着，说什么也不肯起来。

我被那个场面给镇住了，热血一股股地往我脸上涌。我的父亲一生硬骨，他打了数百次仗，负过多次伤，至今他的颅顶还残留着一粒黄豆大的弹片，腿肚子里还有一粒子弹。1934年万源保卫战中，父亲中了三发子弹，三次被打倒在地，三次都爬了起来，血人似的在火海中跌撞冲杀，成为红四军中传颂一时的美谈。我的父亲他从来没对人说过软话，他直到八十岁的时候仍然大跨步地走路，腰板挺得笔直。

大婶是大伯离开家乡前娶进门的。大婶那年十七岁，是东冲村最俊气的妹子。大伯离开家乡的时候并不知道大婶已经有了身孕。在这之后的几十年时间里，大婶始终盼望着大伯有一天能回到家里来看一眼他的骨肉。在邓氏家族三个虎背熊腰的年轻后生亡命他乡之后，一个十七岁的小媳妇就脱下红色的新嫁衣，一声不响地走出她的新房，默默地操持起一家老小的苦日子。这个十七岁的小媳妇起早贪黑，没日没夜地劳作，地里的活屋里的活全靠她一个人。她有的时候累得晕倒在地里，但她从来不对自己的公婆说。她毫无怨言地为邓家养小送老，把大伯的父母一个个安葬了，又把大伯的儿子一口口喂大了，然后为他娶来了媳妇，再安静地守在毕剥作响的油灯前，等待儿媳妇生下大伯的孙子。这个当年十七岁的小媳妇偶尔也在黄昏的时候悄悄独自到村头的河边去等着，用她那双美丽的眼睛默默遥望着通往北边的那条大道。大伯当年就是沿着那条大道离开家乡的，他并不知道他的十七岁的女人在日后无数的黄昏来临时用怎样美丽而忧伤的目光期待着他的归来。她就那么把一双眼睛一天天地盼瞎了。但是大伯始终没有回来，连他的遗骨也葬在不知晓的异乡了。

父亲说，你的大婶她是咱们老邓家的功臣。

回到邓家老宅使父亲一直压抑着的情感得以释放。在许多场合，父亲都表现得像一个孩子。父亲在长久地给大婶下跪过后站起来，对站在院子里怯怯地望着他的侄儿媳妇大声说："明珍，给我杀鸡！给我杀最肥的鸡！"我的堂嫂那年五十多岁了，看起来，她比我的母亲还要显老。我的堂嫂惶恐地看着父亲的目光在搜寻着院子里那几只茫然无知的鸡婆，连忙小声说："都是生蛋的鸡呢。"父亲说："吃就吃生蛋的鸡，不生蛋的鸡谁吃？"父亲说完顽皮地看着大婶笑，一副很得意的样子。我很同情堂嫂，在父亲去爷爷奶奶坟地的时候，我给了堂嫂五块钱，让她去别家买两只鸡来。但这种阴谋没有得逞。父亲在喝过第一勺滚烫的鸡汤之后狐疑地皱了皱眉头，抬起眼盯着堂嫂说："味道不对。这不是老邓家的鸡！"堂嫂吓得满脸惊恐，差一点打翻了汤碗。以后有好几天，堂嫂都躲着父亲，她一看见父亲就忍不住要全身发抖。

　　父亲回到家乡后一共办了三件事。头一件是给爷爷奶奶上坟。父亲去上坟，没有带我去。这是一件至今仍然令我疑惑不解的事。无论于情于理，我从千里之外回到祖籍，我是邓家的一个子孙，说什么都该去给祖宗烧炷香，磕个头的。可是父亲却不叫我去。父亲换下了军装，带着一把长柄锄，他在走出大门的时候深深地吸了一口气。父亲在二月的阳光下给我的大婶下跪，他在他这一生中只给这么一个女人下过跪，这个意义当然是非同寻常的。他是在替爷爷奶奶，替他的大哥，替他的二哥，替老邓家所有的男人下跪。父亲在邓家的老宅满是麦秸和鸡屎的屋檐下倾金山倒玉柱扑通一声跪下去，无论是祖坟里还是异乡别土里的邓氏亡魂都长长地叹了一口气，从此安宁。父亲走出院子，独自一人去了祖坟，在那里整整待了一天。父亲在那里做了一些什么没有

y

165

人知道。我不相信父亲在爷爷奶奶坟前只是做一些拔草培土的事情。这不是他。我总觉得。父亲和邓家祖坟之间，一定还有一些别的什么秘密被隐藏着，而那些秘密，父亲是打算恪守到最后的，甚至连他曾一度信赖且寄托过重望的我，他也不打算告诉。

父亲回到家乡做的第二件事是召集了邓氏家族中最亲近的人开了一个会。会是在夜里开的，这样就显得有点神秘。父亲要我来主持这个家族会议。这是父亲带我回乡"阴谋"中的主体部分。父亲对邓家的颓败和自甘堕落十分痛心，他处心积虑地要让邓家的威风重新得到发扬。他固执地认为，一切的不尽如人意都是由于邓家人缺乏一个有胆有识并且有文化的组织者。这是一个至关重要的人物。而这个人物的最佳人选就是他的第二个儿子——我。父亲的阴谋在他强大和刚愎自用的自我中一步步得以实现。如果不是因为一个偶然场合中我得知父亲准备在家乡为我找一个身体结实的媳妇，让我因为有了那个身体结实的女人而在家乡死心塌地安家落户，那么他的一整套计划早就实现了。父亲差一点毁了我。他让我回到家乡来组织和发动那些一点也不争气的邓家的农民们。他斩钉截铁地说："农民和你想象的不一样。农民什么也不是，他就是农民。"按照父亲的战略意图，我的文化知识和无牵无挂足以造成一种新的势力，它能为愚昧、自私自利并且目光短浅的邓家人提供一个新的家族核心。这很像几十年前发生在家乡的那场轰轰烈烈的大革命，它是需要有狂热想法的人来充当火种手的。父亲肯定地认为，如果不出差错，他的二儿子将在他的有生之年中夺取大队支部书记或者大队长的位置，如果这样，拿他的话来说："邓家人就有救了。"

父亲回乡时满怀着再度闹革命的强烈念头，他甚至为新一代造反者们带去了他们的领袖。父亲正是怀着这样的复杂心情大声叱骂他的那些堂兄弟和叔伯侄儿们，挨个儿指着鼻子把他们骂得狗血淋头。父亲血压升高，心跳加剧，有一个时候他差一点因为激动倒了下去。而我的那些堂叔堂兄们则一边点头哈腰，一边唯恐落后地一支接一支吸着父亲带回去的"红牡丹"牌香烟，直到把它们全都吸光。我的直觉告诉我，他们谁也没有认真去听父亲骂了一些什么，他们也不管父亲他为什么要骂，他们只不过是喜欢集体坐在那里罢了，但即使这样，因为有了"红牡丹"牌香烟，他们是很喜欢听父亲训话的。

父亲干的第三件事最具有传奇色彩，它让我再度看到了父亲身上被岁月尘土掩埋了很久的光辉，令我不由得肃然起敬。我吃惊地发现，父亲他作为一名职业军人的全部良好素质并没有消磨掉，它们只不过是在悄悄地潜伏着，等待着一切可能充分发挥的机会。

一百吨日本尿素在运往管理区的途中被一大群手执扁担打杵的东冲村人劫住了。司机从驾驶台里钻出来大声喊道："你们要干什么？你们疯啦?！"没有人听他的，东冲村的男男女女老老少少举着扁担挑着箩筐没命地往前拥，从车上拖下成袋的化肥再把它们运走。在整个事件中指挥者只有一人，那就是我的父亲。

老区永远是贫困潦倒的，否则革命的火种就无法最早在老区燃烧起来。老区在老区人成为理论上的主人之后仍然顽固地保持着它的贫困潦倒，贞洁似的守护着这一份荣誉。老区对于源源不断地送到的各种救济物资采取了一种心安理得的接纳方式。整整两代人，几十万人的生命轰然倒下，把它们烧成灰，撒进土地里，土地也是可以变得肥沃起来。但这并不是父亲指挥那次抢劫化肥车的理论依据。父亲没有理论，他只有几十年屡试不爽的经验，那就是革命靠自觉。父亲从心底深处痛恨家乡人那种与前辈完全不同的逆来顺受和心平气和。打仗死掉了几十万人，难道造反的骨气也死掉了吗？既然管理区的那些土皇帝们不把化肥指标分给东冲村，那就抢嘛！

　　几百名脸上涂了锅底黑的农民突然之间出现在公路两旁，令司机和押送化肥的管理区技术员大惊失色。他们怎么也不会相信，打死也不会相信，在共产党领导着的地方会出现这种揭竿而起拦路行剪的暴民行为。父亲完全像指挥一场战斗一样向大队干部布置了这场"化肥劫案"。一辆牛车歪倒在公路当中，赶牛车的小伙子躺在车上呼呼大睡，长长一溜儿化肥车只能停在公路上。司机目瞪口呆地看着疯了似的农民一拥而上，身手矫健地攀上汽车，踢死猪娃似的往车下踢化肥袋。车下的人则配合默契，肩扛箩挑，迅速将战利品运下公路，顺着羊肠子一般的田埂消失掉。空气中弥漫着浓烈刺鼻的尿素味，同时弥漫的还有老区久违了的同仇敌忾精神。司机如果对历史稍微有点兴趣，他就会发现，这个场面和五十年前发生在这一带的众多事件有着十分相似的共同之处；他还会领悟一个道理，农民一旦被组织起来，就会发挥出最大的积极性和创造性。遗憾的是司机根本没能领悟这一点，除了节油标兵之外，他在哪一方面都表现平平，他只会一个劲儿地在那里喊："你们这是干什么？你们疯啦?！"没有人理会他，人们全都处在一种极端的兴奋和突然产生的责任感中，唯恐做了群众运动的落后分子。司机并不知道，此刻，在远离公路几百米外的一个高地上，一个指挥过数百场战斗的职业军人正披着一袭英国呢大衣冷静地注视着一切。当两辆八吨装的卡车被卸运一空之后，他在心里对自己说，这场战斗应该结束了。

父亲这一辈子杀人无数。

在具有远距离杀伤能力的火器替代了刀矛弓箭的捉对厮杀成为战争的主要形式之后，父亲说不清自己到底杀死过多少人看来是合情合理的。父亲从来不对我们提起有关战争的事，虽然这个话题对我们做孩子的十分具有诱惑力，但他从来不说。在重庆的那座彭姓买办留下的花园式林园里，我的一个小伙伴总是向我炫耀他的父亲。他得意扬扬地说："我爸杀过人。"他说这话的时候脸上被阳光照耀着，灿烂夺目，是那种标准的骄傲的样子。从小学到中学，这份不曾拥有的荣誉一直刻骨铭心地纠缠着我，使我在许多梦中游弋在尸骨成堆血流成河的战场上，灵魂不得安宁。直到日后我长大成人，从另外的渠道知道了父亲保守那个秘密的原因，我才原谅了父亲。

父亲在成为一名职业军人的时候肯定知道自己这一生会杀人的，这毫无疑问。但是父亲绝对没有想到，他渴望要杀掉的第一个人却是他自己的同志。

父亲想要杀掉的那个人是手枪队副队长，云南人，名字叫向高。向高在朱培元手下当过连长，性格乖张暴烈，对手下的兵轻则训骂，重则拳打脚踢，手枪队的兵几乎全被他收拾过。我的父亲在向高手下当兵实在是倒了大霉，从河南到通南巴行军途中，父亲至少挨过向高三次揍。有一次父亲牵着的一匹骡子掉进峡谷里了，向高把父亲吊在树上用擦枪条猛抽，抽得父亲皮开肉绽，好几天屁股不敢沾马鞍。父亲那天就暗下发誓，说什么也要杀掉向高。

杀掉向高最好的方式就是打黑枪。

　　战斗发生的时候，战场上一片混乱。在一望无际的草原地带和骑兵厮杀是最令人心怵的，那些圆臀细腿的骏马驮着它们剽悍的主人风驰电掣地朝着草地上撒豆儿似散开的步兵扑去，而那些步兵真是可怜至极，他们经过了路途漫长的逃亡和被围剿，一个个面黄肌瘦、衣衫褴褛、步履蹒跚、提心吊胆。在没有遭受袭击的时候，他们像断断续续被风吹皱的一条线在一望无际的草原上移动，谁也不说话，从日头出来一直移动到月儿升起，除了荒凉的风吹动茅草的声音、头顶飞过的雁阵偶尔抛落的鸣叫声和千万双脚杂乱踢踏起泥水的声音，这支队伍移动得毫无生气。马队一来，队伍立刻炸了，在经过短促的抵抗之后，便抛下辎重毫无目标地四下逃命。在一览无余毫无屏障的草原上，无论他们是勇敢地迎着马队冲上去还是撒丫子逃开都丝毫没有意义，因为凭着四条疾速的马腿，那些在草原上长大的勇猛的武装土著会轻而易举地抵近他们，用得心应手的柳叶刀从正面或者背后劈倒他们，让他们这些异乡人的鲜血浇灌无人照料的野花野草。

　　父亲在最初的惊慌过去之后变得兴奋起来。父亲意识到，他杀掉向高的机会来到了。父亲下意识地逃出几步之后站住了，他紧握着他那支奥地利生产的五连珠马枪，根本不管他那几个部下，而是回过头去，在四下溃散的人群中寻找他的目标，寻找向高。枪声在草原上空此起彼落，刀光血影交织成一幅杂乱的画面，不时有人被击中或是被砍倒，发出瘆人的惨叫声，一些失去了骑手的马在人群中四下乱窜，将人撞倒在地再踏成肉泥。父亲躲避着那些马。他的运气不好，在毫无秩序的战场上，他根本无法找到他的仇人。他有很长一段时间不知道向高在什么地方。要做到这一切，父亲必须花很大的工夫。战场上，尤其是短兵相接的白刃之地，敏捷的反应是保全自己消灭敌人的最好武器。要做到敏捷，你的思维中只能保留两个概念，敌人或友人。而父亲在这一点上恰恰不是这样，他的思维十分混乱—自己人—敌人—仇人—向高，这种含混不清自相矛盾的意识妨碍了他，使他在一片混乱之中跌跌撞撞，完全弄不清方向。实际上，直到他被一柄染足了大草原黄昏时娇艳的晚霞的柳叶刀劈倒时，他也没能找到他的仇人向高。

那匹雪青马朝这边奔来。马背上瘦骨嶙峋的青脸汉子受到了父亲高大个子的刺激。青脸汉子根本没有想到，在这场血腥的追逐中，居然还有一位个头高高的少年敌人会迎着马队奔跑，这实在是有些与众不同。青脸汉子受不了这个，他放弃了原先追杀的目标，一提马嚼口，转身朝父亲扑去。那匹英俊的雪青马久经沙场，训练有素，它在迅速追上父亲之后并没有用四只有力的铁蹄踏倒他，而是灵巧地往斜里一晃，把杀戮的快乐留给了它的主人。杀伐的整个过程应该说是相当成功的，但是事情不知在哪个节骨眼儿上出了点差错，总之，事件的结果并不像推理那么令人满意。按照草原骑手的追杀方式，杀手本应该在超越猎物的那一瞬间回手一刀，从猎物的前颈下手，割掉猎物的头颅。这样干有如下两个好处，第一是能够在结果对手性命的同时看清对手的相貌，做一个明白的胜利者；第二是证明这是一次面对面正大光明的厮杀，以证明追杀者的节气。可是这位青脸汉子在最后的时刻突然有点惊慌失措了。他被父亲的那种不顾一切在人群中寻找的盲目和自我弄得有些慌了神。他的长长的柳叶刀提前举了起来，劈了出去，锋如纸薄的刀刃不是劈在对手的脖颈上，而是砍在了对手的后背上。

父亲跌倒下去，跌得很重，身上的干粮袋和一块臭烘烘的羊毛毡子被刀砍成两节，散落到地上。血从父亲背上笔直地迸溅而出，因为有羊毛背心的阻止，血在极大的冲力下被粉碎成无数的血雾，肮脏的蜷曲的羊毛立刻被血水染成了粉红色，显出一种惊心动魄的暖意。那一刀造成的伤口至少有两尺长，从父亲的肩头一直延伸到臀部。父亲倒下去的时候，被刀砍开的军装在他身后像两面壮烈的旗帜飘扬开来，跌落在草地上。

青脸汉子在冲出几丈远之后勒住了雪青马的缰口。他回过头来看着倒下去的那个无畏的少年。青脸汉子迟疑一下，同时略显惭愧地咧了咧厚厚的嘴唇。青脸汉子知道自己这次干得并不光明，甚至有些丢脸了。但是仍在草地上挣扎着爬动的父亲使他保持住了最初的热情。青脸汉子回过头来看了看，四下里没有谁注意到他刚才不光彩的行为，大家都在忙着，各有目标。青脸汉子低声地骂了一声，策过马头，轻轻一磕马肚子，重新朝父亲冲来。青脸汉子根本不知道，一个名叫向高的敌人此刻正在朝着这边奔来，并且在奔跑之中举起了他的手枪。青脸汉子在重新接近父亲的时候感到自己的坐骑出了什么问题。云南人向高的枪法极准，头一枪就射中了雪青马的头，将马儿漂亮的头颅击得粉碎。雪青马在继续跑出几步后猝然倒下，将主人重重地摔在草地上。没等青脸汉子爬起来，向高的第二枪就射进了他的胸膛。

父亲背上的伤口好得很快。从马唐到康克喇嘛寺的第五站，父亲已经强撑着从马背上爬下来，硬着一双腿摇摇晃晃地跟在部队后面行走了。十几岁的父亲生命力十分旺盛，轻易是不会死去的。但是父亲心里肯定还是有了一道别人无从知道的伤口，它在那里很长时间都无法愈合。向高是从哪里钻出来的？他一开始会躲在什么地方？他怎么会那么巧地在最后一刻出现，救了想杀死他的父亲？向高在枪声稀落的草原上把父亲从尸首堆中背了下来，父亲那时一直处在迷迷糊糊的状态中，当他稍微清醒一点之后，他甚至企图去夺向高手中的枪，被向高一巴掌打倒在地。向高救了父亲，也救了他自己，这件事情过去之后，父亲心里一定为着再也不能杀死向高而终身遗憾了。

父亲被解除军职之后，开始大量地开荒种地。

我们住的那座彭家花园很大，但地都不曾荒芜，全都种满了花草果木。父亲走向花园，他把那些美丽的花草都挖掉了，将带着根茎的泥土深深地翻过来，改种粮食，还有白菜萝卜。父亲整天都在地里忙碌着，固执地把花园改变成农庄的样子。他并不关心那些粮食和蔬菜生长在这样的花园里合不合适，生长出来派什么用场。粮食的生长和成熟对他来说似乎只是一个过程，他要的只是自己永不终结的行动。有时候我觉得父亲不可思议，他是个行为的强者，却从来不善于思维。

那些粮食和蔬菜生长出来的时候，如果下过一场透雨，样子是非常好看的，在大城市里，居然生长着这么大一片绿色和黄色的庄稼，这本身就是一个奇迹。少年的我和弟弟在放学回家之后，便在这片奇迹的天地里跑来跑去，追逐蝴蝶或者蜻蜓，追得满头大汗脸蛋通红。父亲远远地挑着一担肥料过来，父亲放下担子，站在那里一动不动地看着我和弟弟在奇迹里奔跑，他的目光里常常有一种我们无法读懂的内容。

除了种地，父亲还喂鸭子。彭家花园有两个大池塘，池塘里有鱼，还有荷花。鸭子们成群结队地在荷花中游来游去，那真是一幅动人的田园风光图。父亲喂鸭子同样不考虑目的。他只是喂，只是要在风景美妙的花园里寻找一些事情来做。如果有可能，他甚至可以喂牛或者是羊，把自己变成牛倌或者是羊倌。

当然，父亲并不是从来不考虑目的的。我的一个叔伯侄儿，我父亲的一个侄孙有一年进城来向父亲讨救济，父亲就有目的地建议过他喂鸭子。

老区过去很穷，因为穷，人们才无所顾忌地起来闹红，闹得天翻地覆乾坤颠倒，但是老区在换了一个朝代之后仍然很穷。老区人当然不会再起来闹红了，因为在新的朝廷里，上上下下有不少老区的子弟在做着官，他们不能造自己子弟的反。但是他们有别的办法，最常用的，就是进城（省城或者京城）找自己的子弟讨救济。老区在相当长的时间里心安理得地成为国家的五保户，吃着国家粮库调拨的粮食，穿着国家军队支援的衣服，花着国家银行提供的钞票，从这个意义上说，老区应该算作"共产主义"的试验之地。

1977年我的家乡大旱，连续一百多天没下过一场透雨，地里的庄稼全被日头烤成了赤色。县里的干部对省里拨下的救灾款数目不满意，便直接去京城找一位在军队掌握实权的将军。将军在他宽大的会客厅里请县里的干部吃水蜜桃。将军关心地了解家乡的民情。将军听完县里干部的汇报，难过地流下了眼泪。将军说，政府管不了军队管。将军当下就拨电话。将军哽咽着喉咙对着话筒说：老百姓活成这个样子，那是我们的罪过！不管付出多大代价，必须保住老区土地上的庄稼！县里的干部听着这话，扑通一声就给将军跪下了。将军见状，丢下电话扑通一声也跪下了。将军热泪纵横地说，你们快起来，要跪该我跪，我给家乡父老跪下！

那年旱季，大量的军队设备源源不断地运到老区，军队从百里之外挖通长江引来水源，几千台大功率抽水机日夜不停地工作。那一年，老区的庄稼终于获得了大丰收。后来县里的一位宣传干部背地里对我说，抗灾用去的款项，是粮食收获的几十倍。我为他不懂得怎样去算老区这笔账而遗憾。我只是委婉地对他说，老区已经学会了怎样对付他们的困境，他们甚至在省城和京城建起了相当气派的办事处来应付这一切，这难道不能算是一种进步？

父亲给了他的侄孙一笔钱，让他回家去喂鸭子。父亲详细地算了一笔账。按照父亲的算法，这笔钱加上侄孙两年的汗水，足可以使侄孙一家过上宽裕的日子。但是父亲的侄孙没过多久又写信来讨救济。信上说鸭子倒是喂了，也长得很活泼，特别是它们嬉水的时候，那个样子真是可爱极了。但是鸭子们没有一直活泼下去，也没有一直可爱下去，它们在池塘里嬉水的时候全都被人药死了。侄孙说他打算喂种猪，他不会被灾难所吓倒。侄孙解释说种猪是圈着喂的，不像鸭子，需要在公共场所活动，不会被药死。父亲觉得这个想法是正确的。父亲特别感动的是侄孙不被灾难吓倒的决心。于是父亲又给他的侄孙寄去了一笔钱。父亲在随后寄去的信中叮嘱侄孙多去管理区向技术员讨教，学习科学养猪的方法。父亲守着晨露把那封厚厚实实的信交给了邮递员。实际上这不是父亲写给他侄孙的最后一封信，在那以后他还写过好几封信，信的内容都有所变化。他的那个不成气候的侄孙不断地写信来，诉苦说种猪得了瘟疾，打算盘豆腐房，又写信说豆腐卖不出去，准备改办榨房，接下去是榨房收进了一大批霉料，全亏进去了，想想还是不如开小卖店稳妥，父亲侄孙的理由是，就算小卖店一样东西也卖不出去，东西还是自己的，吃用不到别人头上去。

父亲长期以来一直热衷于遥控他的侄孙或者别的有求于他的亲戚摆脱贫困。父亲在这方面有着百折不挠的精神，不管怎样的困难都无法动摇他。我十分佩服我的那些亲戚们，他们一个个都非常善于写信，他们在信上写一些人和事的名字，问父亲还记不记得这些人和事？他们在信上潦草而又言简意赅地写道："三爹（或三爷），此信无他，只是家中困难。"然后他们就"敬祝三爹（或者三爷）身体健康，长命百岁！"他们源源不断地写来那些贴着八分钱脏兮兮邮票的信，用它们来瞄准我的父亲。老实说，它们的成功率通常都比较高，基本上都命中了我的父亲。我的母亲在父亲赋闲之后企图慢慢控制他的经济支出，她对那些"此信无他"的乡下来信充满了厌倦，但是母亲无论怎样做，都不能使父亲屈服。父亲对母亲说："别的钱你可以拿走，但是我的残废金你得给我留下。"这个要求不管用怎样的标准来衡量都是合理的。于是，在长达几十年的时间里，父亲的残废金就月月不断地汇往了家乡，变成了被药死的鸭子瘟死的猪卖不出去的豆腐或者别的什么。

父亲当然并不仅仅满足于遥控，他有的时候还会亲自出马，去为家乡弄些电线柴油之类的东西。父亲在这种时候通常总能表现出他的果断和机智，他想向人们证明，作为一名军人，他并不曾衰老，他仍然具有所向披靡的战斗力。

有一次，父亲带我回家乡。一进县城，父亲就让车子驶进农机厂。父亲和一脸麻子的厂长十分熟稔。父亲一下车就对麻厂长说，麻子，你又偷懒了吧，怎么最近在报纸电台上见不到你的消息了？麻厂长委屈地说，我怎么会偷懒，我累得十盆血都吐掉了七盆，我恨不得累死。父亲漫不经心地说，你没偷懒，你就拿成绩给我看。麻厂长急得一脸通红，说，我当然有成绩，我当然拿给你看，你以为我拿不出来？麻厂长说着就带我们走进大门落锁的仓库，领我们看一辆辆崭新的手扶拖拉机。麻厂长得意地说："怎么样，这算不算成绩？省报刚发了文章表扬我，满世界都知道了，怎么就你不知道？"父亲点点头，慢腾腾地说："谁说我不知道？我当然知道，正因为我知道，我才来找你麻子。"麻厂长明白上当了，说："三爹你饶我，这些都是要交任务的。"父亲说："我是想饶你，可我们村不饶你。我们村只要三台，多一台不要。"麻厂长说："三爹我都是有计划的，我要完不成计划，县里要罢我的官。"父亲硬心肠说："我不管你的计划，我不管你罢不罢官，我只认你这个财主。你是财主，我就打你的土豪分你的田地，不打你打谁去？"麻厂长哈哈笑道："三爹真有你的，三爹我就答应了，就给你三台，不过现在不行，得等一段时间。"父亲也哈哈笑，说："行，等多久都行，我就在你家住下了，什么时候给我拖拉机，我什么时候走人。我也好侍候，每顿四个凉盘四个热菜，外加半斤五粮液，麻子这不难为你吧？"

我们并没有住在麻厂长家，我们当天就拿到了三台拖拉机。

父亲在赋闲之后自己喂鸭子当然不是出于摆脱贫困的考虑。父亲种地也好，喂鸭子也好，所收所获很少进入我们家的菜盘子。父亲总是把蔬菜和鸭蛋一担担地送到邻近的幼儿园，让孩子和老师们改善生活。有时候，有素不相识的人从菜地边路过，父亲也会拉住人家，热情地不由分说地将人家的篮子或衣兜装满，他做着这一切，像个得了便宜的孩子似的。我后来一直认为，父亲把花园变成农庄，是一种新的生存表现。父亲他不愿意受冷落，不愿意人们忘记他。他一直生活在一种被抛弃的痛苦和恐怖之中。

鸭子在那一年突然受到了瘟疫的威胁。瘟疫是一只有着麻色斑点的漂亮母鸭最先兆示出来的。它先是老打瞌睡，然后在每天清晨独自躲在鸭圈中拒不外出。所有的鸭子一改往日快乐地嬉戏和闲游习性，全都待在圈里，守着它们的美人儿。它们窝在一块儿闷闷不乐，眼眶里充满泪水。母亲说这是鸭瘟。母亲说得赶快把鸭子们全都杀了。父亲便开始磨刀。

在院子里的水磨石阶梯下，父亲将磨得锋快的菜刀往地上一丢，便吩咐我和弟弟捉鸭子。父亲杀鸭子的方式是我从不曾见过的。父亲杀鸭子的方法极其简单，每只鸭子，他只用一刀。我和弟弟满鸭圈扑腾去捉鸭子，然后交给父亲。父亲接过鸭子，用力掼在水磨地上，一脚踏住鸭头，手起刀落，将鸭头剁下。鸭子惨遭不虞，美丽的鸭头被踢到一边，水汪汪的眼睛说什么也不肯闭上，无头的丰腴的身子却艰难地撑起来，摇摇晃晃茫无目标地向花草丛中扑去，那真是一个令人震慑的场面。几十只生机盎然的鸭子在几分钟之内全部身首两处，鸭头像一枚枚奇怪的果实滚了一地，全都睁大着眼睛，没有了头颅的鸭子一只只醉汉似的在盛开着百合花和满天星的花草中走动，似乎在寻觅着什么。空气中弥漫着浓烈的腥甜味，水磨石地上，落英缤纷似的洒满了桃红色的鸭血，只是风吹来时它们一动不动，让人知道它们不真是桃花瓣。

父亲杀掉最后一只鸭子，立起高大魁梧的身子，手里提着滴着鸭血的菜刀，刀刃卷如锯齿。父亲站在那里，刚毅的脸膛泛着冷冷的红铜色，清瑟如水的秋风从花园深处吹来，在父亲的脸上击打出一阵阵的金属撞击声，也发出自己被撞疼了的呻吟声。我和弟弟站在一旁，被那种肃杀的气氛惊慑得一句话也说不出来。

父亲一生杀过多少人，这显然是个秘密，父亲从来不曾提起。在我们这些后辈人面前，他绝少提及他的戎马岁月。我们喜欢看的战争影片、战争图书，喜欢玩且收藏的根据战争演绎出来的玩具武器，他都视而不见，似乎他对战争，对搏击厮杀性命予夺十分地茫然和淡泊。

只有一次，父亲提到过杀人这个话题，那是因为我小姑姑的儿子。我的这位表弟非常聪明，高中毕业之后到管理处当了一名文书，以后又做了乡里的办公室主任。如果不是因为受贿罪锒铛入狱的话，他也许还能往上升。父亲极喜欢我的这位表弟，当他知道表弟被判了三年徒刑之后痛苦得彻夜难眠。父亲那一次有些显得失态地说："我们邓家杀人太多，这是报应！"

父亲肯定在他的后半生中长久地困惑于年轻时的杀伐经历。他闭口不提那些由飞溅的鲜血和被剥夺了生命权利的尸体组成的往事，一定有着更为深刻的原因。战争直到今天为止仍然没有摆脱以有效的杀伤生命为手段的初级阶段，但是早已从战场上退役下来的父亲，却在极力回避杀人这个战争无法回避的话题，这令我百思不得其解。

我的困惑，直到很多年以后，从我大舅的一篇回忆录里找到了答案。大舅的那篇回忆录收在黑龙江省党史办编辑的一套丛书中。大舅回忆了他从苏联回国后参加的一场战斗。大舅在他的那篇回忆录中这样写道：

　　1945年6月，我随苏联红军远东方面军马利诺夫斯基元帅的坦克部队从蒙古进入东北，我当时担任一支骑兵部队的上尉联络官。东北解放后，我即转入东北抗日联军合江军区，任骑兵大队大队长，首次战役，就是围剿土匪李西江。李西江是谢文东、李华堂、张黑子、孙荣久四大匪首剿灭后残存在东北的最大一股土匪，有一千四百多人。这股土匪在合江省嚣狂了两年多，虽经多次围剿，成效均不大。特别是在谢文东、李华堂、张黑子、孙荣久四大匪首被剿灭之后，剩余的骨干都归顺了李西江，使这股土匪的实力得到了加强。土匪们熟悉地形和民情，每人备有两匹马，当我们的骑兵眼看要追上他们时，他们就跳上另外一匹精力饱满的备马，眨眼将追兵丢得老远。如果用大兵团进剿，他们就钻进深山老林，在老林子里他们就像在自家炕头上一样自在，和围剿的部队捉迷藏，在大部队的身后打冷枪。这些土匪都是一些枪法极狠的家伙，个个身怀百步穿杨的本事，他们开枪并不把人打死，而是打腿，伤一个战士，得用四个战士去抬，另外还得有两个战士负责掩护，这种消耗的杀伤战十分有效，能使大部队很快陷入捉襟见肘的尴尬境地。军区首长对此十分恼火，下令不惜一切代价消灭这股土匪。这个任务交给了军区警卫团和三五九旅的两个连来完成，我们骑兵大队则负责配合完成这次剿匪任务……

　　我的父亲是这次剿匪战役的最高指挥官。
　　贺晋年司令员在部队出发前把父亲叫了去，两人围着火盆烤火。火盆里的火很旺，父亲烤了一会儿就脱去了皮大衣。贺晋年司令员说："老虎（这是1946年之后父亲在东北时的绰号），你别脱大衣。你脱大衣干什么？你得穿着。你得给我把李西江捉来。不是他一个人，是十六个。十六个惯匪炮头，你把他们的头都给我提来。"贺司令说着就掏出笔记本，要父亲一一记下十六个人名。贺司令一边说那些名字一边吹着热气吃烤山药。贺司令拍了拍山药上的木炭焦说："第一不准打跑了，第二不准打散了，老虎你记着。"他啃了一口山药，烫得嘴直咧咧，又笑眯眯地俯过身子来小声对父亲说："另外，别忘了带点猴头回来。"

追踪李西江的行动连续进行了十天。有好几次，部队都咬住了绺子们的屁股，狡猾的绺子并不恋战，枪一响，这些血气方刚的汉子们就跳上另一匹备马溜之乎也。有一次，部队已经将绺子的马队拦住了，可部队刚刚爬上两个对峙的小山包，架好机枪，绺子的快马就从山包之间的开阔地奔过，扬长而去，留下一片马蹄踏起的雪粉，气得战士们直骂娘。关外的冬天一片雪白，大雪极易留下过往者的痕迹，给猎物和狩猎者造成同样的困难。父亲在那个冬天实在算得上是一个优秀的猎人，他的冷静就像冻土一样，在毫无表情的白色下，黑得沉稳和坚实。父亲知道弹药和粮草都不允许他和棋逢对手的绺子们长时间地耗下去，更为重要的是，如果一直观赏绺子们浑圆的马屁股，那么首先被拖垮的不是绺子们的一万条马腿，而是无所建树的猎手——空手而归对所有的猎手都是极大的耻辱。

父亲决定玩一回逮黑瞎子的游戏。黑瞎子在整个白天都处于亢奋状态，它力大无穷，独游的野猪也怕它，是真正的森林之王。要捉住黑瞎子，在野外是不行的，必须守在它的窝里，黑瞎子一进了窝就充分显示出它笨拙的弱点。战争的生死哲学使出生于南方的父亲不学自会了北方雪原上的狩猎经验。父亲将战士四人一组组成了侦察小分队，父亲派出了十几支这样的小分队。这些小分队不久之后就带回了情报，根据情报，李西江将于某日在集贤镇的徐家屯子夜宿，他们在徐家屯子预先号派了一千四百人和两千八百匹马的粮草。

部队在当天下午进入徐家屯子，将屯子包围得水泄不通，屯子里的人只许进，不许出。屯子中央有一个很大的围子，是伪满时期警察署的驯马场，足有几亩地。部队在围子当中埋好了几十堆炸药和手榴弹，再在上面架好篝火。部队全部左臂缠上白毛巾，两个连的人匿身于四下的马厩和厢房里，更多的部队则守在屯子四周的要道口，伺机行动。部队守株待兔。

天黑时分，绺子们人喊马嘶地进屯了。绺子们兴高采烈，在马背上嗷嗷地叫唤着。烈性酒和猪肉炖粉条的火热憧憬使他们一个个热血沸腾，他们就像回家的孩子或者丈夫一样高兴。徐家屯子的维持会长和装扮成村民的侦察员殷勤地把绺子们引进围子里，并且立刻点上了篝火。熊熊的篝火迅速驱走了亡命者的寒意和劳顿，绺子们抵挡不住干牛粪烤热后散发出的芬芳，拴上马匹，像见了女人似的奔向火堆。马匹大声地打着喷嚏，吐出一股股热气，晶亮的汗珠子随着它们不停踢踏的马蹄滴落到雪地里，砸出一个个灰白色的小坑。冬天的傍晚，焰火能制造一切奇迹，绺子们很快被篝火征服，一个个敞开他们的熊皮袄子，让火焰直接烤烫他们年轻结实的胸膛。除了少数游动哨之外，一千四百名绺子全都进入了围子。趴在马槽下的父亲看得真切，他像一头嗜血的老虎似的喘着粗气，他跳了起来，兴奋地咆哮了一声：打！

身边的参谋长应声打出了三发信号弹。

　　关外冬天的寒夜是一个奇怪的景象。天上没有星月,地上白茫茫一片,白山黑水上下,天比地更显得深沉,世间万物,仿佛全被零下四十摄氏度的气温冻结得失去了生命。突然之间,几十团巨大的火柱在黑沉沉的大地上升腾而起,震耳的爆炸声将几里外农舍房檐下的冰柱都齐齐震断了。炸药巨大的威力将整个土围子抬了起来,使一个好端端的冬夜完全变了形。越升越高的火焰之中,手榴弹像烤煳的苞米棒在空中翻飞起舞,不断地爆炸。人的身体的局部、撕裂成数片的马鞍子、断裂的枪支和点着了的皮大衣像一些奇怪的符号在火光中不断地升腾降落。篝火下事先埋着的炸药和手榴弹释放出大量的死亡能量,这些能量在追逐着毫无防范的猎物的同时又引爆了他们身上的弹药,将已被炸死的人进一步炸得粉碎。一个英俊而壮实的机枪射手被第一声轰鸣抬上了半空,他的敞开怀的胸膛上所有的软组织都被炸光了,只剩下一副干干净净的腹腔;紧接着,火焰又燎着了他身上缠着的机枪子弹,那些本来预备给他敌人的子弹此刻却转过头来向他复仇,接二连三的爆炸将他切割成了至少上百块残缺不全的碎肉,当他全部落到地上来的时候,已面目全非。爆炸无疑是死亡形式中最为壮观的一种,火药和人的身体在顷刻之间便完全融为一体了,任何方式也无法将它们再度分别开来。爆炸持续了足足有五分钟,几十堆篝火在这五分钟里有足够的时间分解成更多的火堆,因为有那么多人的脂肪和马油,这些火堆完全不会担心在短时间内熄灭掉。接下来的密集扫射较之爆炸冷静得多。四下的马厩和厢房里,二十几挺日式歪把子机枪和苏式转盘机枪一齐吐出死亡的火舌,它们构成了一张密不透风的火力网,将围子当中那些四下奔命的绺子严严实实地罩住。子弹在空中毫不费劲地追逐着人的身体和马匹，把他们摞粮食包似的摞倒，不少子弹在半空中互相撞击后，发出刺耳的尖啸声钻进雪地里。父亲差不多是第一个冲出马厩，他的手中紧紧握着一杆上了刺刀的三八式步枪。父亲在一冲出马厩时就被什么东西绊倒了，三八式步枪的刺刀划破了他自己的下颌。绊倒他的是一个被齐颈炸断的马头，马还睁着眼睛，嘴里吐着白色的泡沫。警卫员和马夫抢上来扶父亲，父亲咒骂着一把将他们推开，大步杀入混战之中。三八式刺刀的制造者对钢火和工艺的挑剔是举世闻名的，但这也不能阻止它的弯曲和变形。父亲在结果了第四个绺子之后气喘吁吁，他的刺刀被血烫弯了，再也无法使用；他左臂上的白毛巾也在肉搏之中掉到了地上，这就使他踩住了死亡的门槛。三五九旅的一位连长酷爱肉搏，在整个肉搏战中，他至少结果了八条绺子的性命，自己也伤痕累累。在混战之中，连长看见一个左臂上没有白毛巾的大个子，便一句话不说，挺枪朝那个大个子刺去，而那个大个子正是我的父亲。马夫眼明手快，一把推开我的父亲，冲连长吼道：“我日你姥姥！这是首长！”连长也不答话，回转身挺着枪又朝人堆里扑去。父亲在这个时候看见了十几个绺子正在朝土围子的一处断裂口爬去，他们打算从那里逃出去。父亲两个耳孔和鼻孔不断地流淌着鲜血，那是被剧烈的爆炸震出来的。父亲吼道：“拦住他们！别让他们跑掉了！”可是没有人理会父亲，所有的人都在忘我地厮杀。父亲扑进火堆中，捡起一挺被主人遗落了的机枪，踉跄着朝土围子断茬处奔去。父亲死死地扣动扳机，子弹将那十几个绺子打得在雪地里跳舞，一个个东倒西歪地躺下再也爬不起来，剩余的子弹则将深雪撒白面似的扬起，深雪下的冻土立刻呈现出不规则的蜂窝状。父亲直到打光弹匣里的所有子弹才住手，他回过头来，抹了一把脸上的血，朝土围子里看去。土围子里，火焰和鲜血四下里飞窜，雪水被烤化了，变成一洼又一洼五颜六色的泥浆子，泥泞之中，到处都是人和马匹的肢体和五脏六腑。人们在泥泞中追爬滚打，杀人的人和被杀的人全都紧闭着嘴一声不吭，他们是连叫都不会了。

战斗持续了半个时辰，枪声在一刹那戛然而止。一千四百具绺子的尸首和两千八百匹马的尸首堆满了整个土围子，血腥味直冲斗牛。血水在围子里四处流淌，火焰渐渐熄灭之后，血水结成了半尺厚的黑色冰层，人走在上面不断地打滑。胜利者毫不顾忌地坐在尸首堆中喘着粗气，他们累坏了，他们连包扎自己伤口的力气也没有了。然后他们慢腾腾地站起来，开始打扫战场。直到第二天凌晨，尸首堆成的小山还在轻微地蠕动，不时发出冰层脆裂的声音。战士们在尸首堆中逐一辨认，有十四个头颅属于名单上的，它们很快被分别包进几床被单中，驮上了马背。掩埋尸首的工作很繁重，它们被交给应召而来的保安团。部队在凄厉的军号声响过之后离开了徐家屯子，有一些老人和孩子站在远处看着部队撤离，他们把手袖在怀里，目光呆滞，菜色的脸上挂着不经意流淌出的清涕。无论是老百姓还是部队全都一言不发。

三十三年之后，我们家住的那个大院里有五个子弟作为新一代军人参加了南方的另一场战争。这是一场民族与民族之间的战争。中国年青一代军人在这场战争中以自己的鲜血和生命捍卫了自己民族的尊严。战争时间之短促出乎所有人意料，但不管怎么说，战争的结束总是让人高兴的事。我们院子里参战的五个子弟回来了三个，其中一个被炮弹片切断了脊梁，成了终身瘫痪，另一个被步兵的压发式地雷炸飞了一条腿，极不协调地坐在轮椅之中。他们是我的昔日伙伴，我们经常在扫得干干净净的篮球场上打球，我们曾经把司令部球队赢得半个月没脸和我们打照面。可是现在，他们中间的四个人永远与球场无缘了，这使我很难受，有好长一段时间，我都因为我们不复存在的球队而闷闷不乐。

当三位光荣的子弟在鲜花和掌声中被人抬着推着回到院子里时，我发现父亲的情绪突然变坏了。父亲提前离开了英雄事迹汇报会，在那一天闭门不出。父亲的脸色阴沉得可怕，而且总是找着碴儿和我的母亲吵架。父亲把母亲刚种下的月季花连根拔掉，说月季开花时会有满院子残血似的花瓣，让人看着心烦。父亲这个样子，十足像一个坏脾气的孩子。父亲在晚饭的时候把自己关在房间里，拒绝出来吃饭。我们轮流去叫过他，他就是不开门。父亲在房间里高声说："我不吃！我说了不吃！我说了不吃就是不吃！你们为什么非要我吃？你们究竟要干什么?!"父亲在房间里摔打着东西说："我就不信，我看你们要把我怎么样！"我们心平气和地坐在饭厅里吃饭，我们几个孩子和母亲，谁也没有搭理父亲，我们都把父亲当作一个正发着脾气的坏孩子。我们吃蹄冻和东坡肘子，这是两道父亲平时喜欢吃的菜。我们还喝啤酒，让胃在冻冰的泡沫中痛快地淹没。说实话，我们谁也没有想过要把父亲怎么样。按照我的想法，想把父亲怎么样的人当然有，但那不是别的什么人，而是父亲自己。

那天吃过晚饭后我在厨房里帮着母亲收拾碗筷。我干得很利索。我干活的样子很像一个训练有素的家庭妇女。母亲夸奖我说："你比你爸强百倍，你会洗碗，你爸连筷子也不会捡。"但是过了一会儿母亲又补充了一句："你爸会打仗，还会骑马，这方面，你爸比你强一千倍。"我说："爸爸他怎么啦？"母亲不明白地问："你说什么？什么怎么啦？"我说："他怎么不出来吃饭？他应该出来和我们一起吃饭。难道是我们做错了什么？或者是妈妈你做错了什么？"母亲用力刷着锅。母亲说："我做错了什么？我什么错也没有做。我能做错什么呢？"母亲说，"要怪只能怪他自己。他就是这样。他就是这个脾气。他犟。你们的父亲，他就是这样。"

　　1945年东北的战争态势呈现出捉摸不定的变化，不可一世的关东军在是年夏秋季节遇到了他们的克星，苏军马利诺夫斯基元帅率领着他的贝加尔方面军在坦克军团的引导下冲入关东军的永久性工事，将大和民族的骄子碾成齑粉肉酱，让曾经骄横一时的太阳旗颓然坠落。数日之内，东北绝大部分大中城市落入苏军之手，少部分为抗日联军占领。但这并不是最后的终局，楚汉两界开始频繁易帅，新的军事势力开始迅速果断地渗透东北。东北是什么？东北是中国最大的重工业基地，钢铁产量占全国百分之九十，煤炭产量占百分之六十，发电量占百分之四十，同时还拥有全国最大的产粮区和军事工业。如此肥沃的黑土地，势必成为国共两党两军全力争夺的肥肉。1945年秋天，状似鸡头的东北便因为一时的权力真空变得热闹非凡起来。

　　1945年11月，冀东八路军第七师十九旅和国民党第十三军火力接触，国共双方终于为争夺东北拉开了战争的帷幕。

　　11月7日，我的父亲怀里揣着第十九旅代旅长兼山海关卫戍司令的委任状，带着几名参谋警卫星夜赶往山海关。在他们身后，相隔一天时间，父亲的老四十八团也以急行军的速度赶往山海关。与此同时，国民党第十三军石觉的部队在美式道奇十轮卡车的运载下，已抵近山海关。石觉坐在黑色吉普车上，用马鞭轻轻敲着锃亮的马靴，他似有所思地偏过头来问自己的参谋长："听说山海关上有一座寺庙，庙里的签灵得很，有这事吗？"参谋长说："慧觉和尚的签解得倒是特别灵，只是连年战乱，不知和尚今安在？"石觉听罢点点头，说："命令部队加快速度，12日必须抵达山海关。"

父亲他们在秦榆公路上遇到了梁兴初进占东北的一支部队，经过交涉，弄到了一辆日式吉普车，这就使父亲他们的进度加快了一步。正是这一步，使父亲在不知不觉中接近了他命运链条中最为关键的一环。父亲并不知道，他心急火燎地坐在吉普车上，不断地摊开 1∶1 500 000 的军用地图来看，吉普车不停地颠簸使他眉头紧锁，老是忍不住要骂娘。那辆吉普车开出半天后就熄了火，父亲和他的部下不得不弃车再度爬上马背，这使父亲很是恼火。因为长期骑马，马鞍已将裆里磨得皮开肉绽，疼痛难当，父亲在更多的时间里只好半伏在马背上。接着，父亲他们又在沙河西岸的一个村庄附近与国民党第八十九师的尖兵相遇，双方在仓促中胡乱开火，各有伤亡。父亲仗着马快，带着手下的人突出对方的包围落荒而走。那一场小小的遭遇战，父亲丢掉了他的通信参谋和一个警卫员，自己的左腿也被一发子弹击中。好在是贯通伤，子弹没有伤着骨头，仅仅用止血带匆匆地包扎了一下，父亲就重新骑上马背，带着他剩余的轻便指挥部马不停蹄地朝山海关奔去。

如果仅仅是上述这些小麻烦，父亲无论如何不会犯下他此生最大的一次错误。马鞍磨破了鸟也好，丢掉了几个部下也好，在战争时期，这都是极正常的事，没有一个职业军人会为这一类小事皱一下眉头。问题的关键并不在这里。问题的关键是，就在父亲星夜赶往山海关接受他的最高军事指挥权力的时候，山海关的军事局势已发生了根本的变化。国民党东北保安司令杜聿明将军亲自指挥石觉的第十三军，意欲拿下山海关这个进入东北的门户，继而攻克绥中、兴城、锦西，然后占领锦州这个东北的咽喉重镇。解放军山海关守军仅八千，面对全副美式装备的三万国民党优势兵力，无异于以卵击石。守军请求避免正面作战，东北人民自治军总部经过权衡，同意放弃山海关，并电告部队在11月14日开始实施撤退。

所有这一切决定父亲都不知道。他只是心急火燎快马加鞭地往山海关赶。对整个战争局势的发展，他完全摸不着头脑，他根本就没想到，在他赶往山海关的同时，他奉命要去指挥的那支部队正在不顾一切地往下撤。

父亲碰到第一支大逃亡的部队时简直惊呆了。父亲让参谋拦住一位骑马的营长。父亲问：你们是哪支部队？营长喘着气抹一把汗说：第十九旅四十六团×营的。父亲说：谁让你们撤下来的？营长说：还能是谁，当官的呗。父亲说：现在我命令你停止撤退，原地待命！营长说：你是谁？你凭什么命令我？父亲说：我是第十九旅代旅长。营长不在乎地看了父亲一眼，说：代旅长怎么啦，代旅长也管不了我，我只听我们团长的。营长说完，跳上马背，朝马屁股上猛抽一鞭，快步去追自己的队伍。父亲怒气冲天，钢发乍立，一把拽出警卫员胯下的盒子枪，对准营长的坐骑就是一枪。马应声倒下，马背上的营长摔了个"老王抢瓜"。

营长从地上爬起来，糊里糊涂地看着父亲和他手中冒着青烟的盒子枪。父亲吼道：让你的人立刻停下来！再走一步，我打烂你的头！

就这样，父亲在人生历程中走出了他最致命的一步。如果不是这样，如果父亲在这个时候根本不去做他自己的判断和决定，而是像任何一个听话的军人那样以服从命令为天职，那么他就不会在山海关战役后被指认为建制独立思想，受到行政撤职的处理，从此一蹶不振。实际上，父亲在命令部队停止撤退后不久就知道了摆在他面前的严酷局势，并且拿到了总部同意放弃山海关的电报，他完全可以要参谋长通知部队按原撤退方案进行，然后掉转马头，轻轻磕一下马肚子，轻松地离开那个造成他人生误区的是非之地。这样做没有人会指责他。究竟是什么动机使父亲放弃了这个机会，反而做出了坚守山海关的决定？这是一个无人知晓的谜。若干年后，我曾苦苦寻找过这个答案，但我一无所获。父亲肯定不是因为水肿糜烂的阴部的疼痛或者是在前往山海关的途中丢掉了两名部下的耻辱而做出这个决定的。父亲一定不会这么肤浅。企图以八千之卒抗击三万大军的进攻（实际上，此后仅相隔两天，国民党第三十二军的另三万主力也随后赶到一片火海的山海关），这也不该是已经拥有无数次成功或者失败了的指挥经历的父亲所为。从我日后收集到的所有资料来看，就父亲个人的军人生涯而言，他所指挥的战斗胜多败少，他属于那种素质和运气都不算差的军人。那么，究竟是什么驱使父亲做出了那个以卵击石的决定呢？在万般寻觅而又不得其解的情况下，我只能把它归结于男人的英雄主义和军人的荣誉感。除此最为简单的解释，我无法明白父亲的那种近似于自杀的行为。

11月15日上午，第十三军在飞机大炮的掩护下进攻山海关，总指挥是名将杜聿明。

战斗进行得极其残酷。在飞机大炮的狂轰滥炸之后，第十三军以整团的兵力实施强攻，潮起潮落，云卷云舒。第十三军廿四团团长胡非成在两次进攻被打退后亲自上阵，率领一批青年军官抱着机枪冲在最前面。胡非成是东北人，他一面拼命向山头上狂射一面扯着喉咙高声喊道："弟兄们！拿下山海关，打回老家去！"廿四团的士兵潮水般跟着他们的团长没命地往山头冲。

守军则苦多了。第十九旅没有太多的重武器，这支部队一出关便奉命坚守山海关，大捞日军洋捞的好处半分也没得到，部队使用的基本上仍是抗战八年使用的老式装备。旅里的山炮营只有四门日式山炮，全部炮弹两辆驴车就能拉走。各团有几门八十二毫米迫击炮，炮弹则少得可怜。连里才有重机枪，因为制式不一样，子弹无法通用。战斗一开始第十九旅就用上了全部兵力，八千男儿，各据一隅，顽强抵抗。在第十三军潮水般连续不断的进攻下，父亲根本没有可能留下一兵一卒的后备队。从上午一直到夜里，第十三军一共发动了八次大规模的进攻，美丽宁静的山海关被飞机炸弹、一百二十毫米榴弹炮和八十二毫米坦克炮弹整整翻了一个个。

入夜时，进攻停止了。父亲命令部队抓紧时间清点伤亡人数、清理弹药和抢修工事。父亲也许在这个时候还抱有一线幻想，他派出了一个连的兵力下山去袭击第十三军的一个野炮阵地，企图扰乱敌方的阵脚。这个连一下山就撞上了对方的戒严线，慌乱之中又钻进了对方一个主力团营地，双方拼死搏杀，到半夜时分，这个连全部牺牲。父亲没有等回那个派出去的连队，山脚下密集的枪声疏落之后，父亲知道，再不会有什么奇迹出现了。

16日凌晨，父亲离开了他的指挥所，上了阵地。父亲提着一支卡宾枪，跛着一条伤腿，从这条战壕跳到那条战壕。旅指挥所所有的人包括机要员警卫员全都充实到阵地上去了，父亲只要了一个俱乐部的宣传员跟着他。进攻比前一天更为猛烈，好几次阵地都被撕开了几条口子，靠着拼死反击才将失去的阵地夺了回来，伤亡由此而不断剧增。据守前沿几个高地的部队整排整连地打光，部队原有的建制已经失去，完全靠着前线指挥员临时协调才勉强拼凑出兵力。非常时期，中下级指挥员总是战斗在最前沿，伤亡也最大，这个时候，有谁站出来振臂高呼一声："我是共产党员！现在听我指挥！"那他就成为那个被烈火吞没的阵地的实际指挥官。旅指挥所几乎失去了存在的意义。父亲带着那个脸无血色的宣传员来往奔跑于各个阵地。父亲能够说的只有一句话："不惜一切代价死守阵地！"父亲实际上已经成为一名战斗员。

我不知道父亲在1945年11月16日那天有着怎样的想法。事过半世纪后，我已经知道了，就在父亲和他的八千兄弟顽强坚守山海关时，在他们身后不远的绥中守军已经开始撤退，绥中实际上已经变成一座空城。不仅如此，兴城、锦西、葫芦岛乃至锦州的守军也都放弃了抵抗至最后关头的信念，准备或者已经开始了他们的撤退。而延安此刻也在考虑"让开大路，占领两厢"的战略方针。这一切，父亲并不知道，他唯一知道的只是用他军人的荣誉、信念和第十九旅八千兄弟的血肉之躯死死守住他自己的阵地。俱乐部宣传员被一排机枪子弹击倒之后，父亲在马夫的搀扶下，拖着他那条肿亮的伤腿在战壕里移动。父亲在每一个战死或战伤的战士面前停下来，目光深沉地看着他们。父亲在一位十几岁的小战士身边停了下来，他蹲下身子，默默地为小战士缠紧被机枪子弹打断了的双腿，然后拾起被火焰燎煳的军帽，弹了弹泥土，为小战士端端正正戴上。父亲浑身浸透了鲜血，每走一步，血水就顺着脚踝流淌进露出脚趾的胶皮鞋里。他想过什么我不得而知，实际上，守军在整整两天的拼死抵抗中已经把自己和阵地融为一体了，任何思想在那个时候都变得十分的虚弱。父亲在红得像血的夕阳之中缓慢地穿过整个阵地。阵地上，到处都是第十九旅士兵安静的尸体。

撤退的命令在太阳落山的时候送到父亲手中。四边的枪声此刻已经稀落，远处的山头用力支撑着一大片令人心怵的铁青色积雨云，天空是那种摇摇欲坠的样子，部队这个时候正在抓紧空隙补充弹药、掩埋尸体。父亲从电文纸上抬起目光，看了看面前被打废了的山海关，良久，才沙哑着喉咙对身后的参谋长吐出两个字："执行！"

17日凌晨1时，山海关守军留下两千余具遗体，在夜幕的掩护下悄然撤离阵地。

十个小时后，国民党第十三军军长石觉在一大群参谋人员和马弁的簇拥下登上了山海关主阵地。石觉站在主阵地上，回过头来朝来时的路上望去，他看见的是遍地躺着的第十三军士兵的尸体。石觉不知意味着什么地皱了皱眉头。他的参谋长站在他旁边，心里想，这个时候，也许没必要提醒军长关于慧觉和尚的事了。

随着父亲的日益老去，父亲的性格变得越发古怪，使人无法理喻。父亲是矛盾的。作为一名职业军人，一方面，他对军队有着痴迷的信赖和依存，他以自己的戎马生涯而自豪。父亲不止一次对我们说过，他当了几十年兵，打了几十年仗，从没投过敌，从没被俘过，从没掉过队。一句话，没有一天离开过军队，无论是组织上还是思想上，都是地地道道的忠诚者。他说这话时，脸上充满了骄傲的神色。父亲十分迷恋供给制的那些日子，那种吃穿用住行一切都由部队提供的日子使他每时每刻都能找到自己的感觉。父亲宁肯将自己的薪水寄去老家，或者资助亲戚和战友的孩子念书就业，也不愿用来添置一件不属于部队的家当。1974年我的母亲托人买了一部黑白电视机，这件事让父亲十分不满，在很长一段时间里他拒绝看电视，宁肯守着组织发的那部老式红灯牌收音机度过一个又一个漫长的黄昏。可另一方面，父亲又时常用一些十分粗鲁的语言来评价有关军队的事情。在我小的时候，有一次大院组织观看一部著名的大型历史歌舞片，父亲看了一半就甩手而去。父亲离去时说了一声："扯淡！"父亲在他的如此评价中甚至没有丝毫顾忌。父亲对根据历史演绎出来的所有形式的文化都不感兴趣，他不看电影和戏剧，不读小说和回忆录，也不参加座谈会报告会一类的活动。"文革"期间，从我们家抄走的东西全是父亲的，其中有不少证章、信件，还有一支王树声大将送给父亲的二号加拿大橹子。"文革"之后，母亲多次催父亲去要回那些私人纪念品，父亲却毫无兴趣。父亲说："要那些破东西有什么用？有用吗？真是扯淡！"父亲明显对那些属于历史的纪念物无牵无挂（等我参加工作之后，父亲便交给我一项任务，要我为他收集各类战史。父亲整天整天地读那些由集体创作组整理出的书籍和图例，读得非常起劲儿，因此而荒芜了他的菜地。读战史的父亲几乎没有什么表情，既不张狂欣喜，也不感慨叹气，到吃饭的时候，他就出来吃饭，坐到饭桌前二话不说操起筷子大口嚼红烧肘子。父亲一辈子没忌过嘴，他喜欢吃肥肉，喜欢吃动物下水，在肉食凭票供应的年代他享受部队提供的每月二十斤猪肉或牛羊肉，此外他还有办法从偷偷摸摸的小贩手中弄来变了味的蹄髈和猪耳朵，他丝毫不顾忌地把它们全部吃掉，对此十分满意）。父亲读完那些战史之后便把它们统统交给小阿姨去生火。有一次，我从炉子旁边捡起一本由军事学院写作组编写的《红四方面军战史简编》。我看见书上全是父亲用红蓝铅笔粗粗画出的钩钩和叉叉，笔画恣肆汪洋，淋漓尽致。我尴尬地站在那里，不知道该把手中的书丢回炉子边还是怎么办，心里充满了为那些浸透编写者心血和思想的著作被如此不恭地毁掉而产生的遗憾。

父亲自己这样，还影响他的子女们。他坚决反对他的孩子们当兵，在这方面，他丝毫没有子承父业的传统观念。在父亲失去了他的军职之后，他在家庭中的统治地位渐渐瓦解，我的哥哥、姐姐和弟弟们都在顽强突破父亲的铁幕统治后穿上了军装，远走高飞。这一度让父亲心神烦乱。父亲在那之后改变了自己的策略，他开始关心他当兵的孩子，比如入党、提干以及在部队的各种表现，但真正关心的实质是最后一项——他们的转业。父亲采取了各种手段来达到他的目的。先是以身边无人照顾为由将在成都当兵的姐姐弄回了家，很快让姐姐转业到了地方；接着"绑架"了两岁的大孙子，再以此要挟逼迫我的大哥在天津脱去了军装，回家来当了一名技术员；最后一个是我在新疆当兵的弟弟，父亲干脆地说，弟弟根本就不是一块当兵的料，如果他只知道一个劲地写信向家里诉苦的话，他还不如干脆回家来做他的老小。

父亲就是这样完成了他的整个计划。他使他的子女们在满腔热情地穿上军装之后并没有成为无所牵挂的军人。他用他自己强大的思维制约着他们。他设计了一个个圈套，然后从容不迫地引诱他们一步一步地钻进了他的圈套。他向他们证明了，无论他们怎样的聪明和有文化，在他面前，他们永远都是嫩得像能掐出水来的新兵蛋子。他坐在他那间全部由部队营具布置出的房间里，深邃的目光坚定地穿透砖墙投向看不见的遥远之处，显得沉着而冷静，直到他最后一个孩子穿着摘掉了领章帽徽的军装背着行李推门而入时，他便告诉自己，这个战役结束了。

对于父亲如此作为，我的母亲非常有意见。母亲是蒙古族人，大漠草原的骁勇血统使我的母亲一直认定好男儿应该志在四方，只有挽弓挽缰驰骋疆场的汉子才算得上真汉子。母亲当然是因为组织上的决定才嫁给了父亲，成为我母亲的，但这并不说明一开始她没有被伟岸的父亲骑在高头骏马上的威风所诱惑而怦然心动。花烛之夜父亲囊囊而至的脚步声肯定使母亲满面红霞，激动得喘不过气来。母亲嫁给了一个职业军人，她的大哥是军人，小弟是军人，她自己也曾经是一名军人，她把军队看得无上崇高便是十分合理的事情了。母亲希望她的孩子中能成长出几个好军人来。母亲坚信"龙生龙，凤生凤"的不朽理论。母亲关于好军人的概念十分简单，那就是当大干部指挥大队伍的军人。可是母亲的美好愿望没有能够实现，这不能不让她伤心难过。母亲也曾竭力反对过父亲对子弟兵的"策反"，但作为成吉思汗后裔的母亲却最终没能战胜由农民而成为军人的父亲。母亲在希望彻底破灭之后大声地对父亲说："你要怎么样呢？你自己已经这个样子了，你不求进步，难道还不让孩子们求进步吗?!"

我知道，母亲的这句话肯定是重重地刺伤了我的父亲。它像一柄钝而沉的矛，直接刺中了父亲伤痕累累的心中最不该被触动的那一部分。我的父亲的心在那一刻肯定是在流淌着鲜血，并且疼痛得止不住地痉挛。但是父亲却什么也没有说。他转身回到他自己的房间里，关上了门。

父亲在接到休息命令后不久就和母亲分室而居了。

山海关战役之后父亲被行政撤职，调去合江省和土匪们打交道，这也许是最有讽刺意味的事情了。父亲继续被作为强有力的杀手，带领一个加强团在冰天雪地中到处游荡。从虎林的阿察河到西克林的库尔滨河，所有派系的土匪一听到我父亲的名字就闻风丧胆，不寒而栗。他们对父亲和他的剿匪部队咬牙切齿，视为眼中钉。他们之中不乏绿林高手，在东北长达数十年的战乱中，无论是老毛子、张府二帅、关东军还是鲜人敢死队都不曾把他们怎么样，管你天上飘着什么颜色的旗，他们腰里插着一水新的喷子，胯下骑着膘肥体壮的压脚子，身上穿着暖乎乎的山神爷毛叶子，进屯就嚷嚷着搬姜子（喝酒）、飘洋子（饺子），酒醉饭饱后还要去玩上一个俊俏的海台子（暗娼），要多快乐有多快乐，可他们最终还是栽在了父亲残酷无情的剿杀之中。

父亲率领他的剿匪队伍在北满的深山老林里长途跋涉着，所有的马匹都大汗淋漓，大口大口吐着白色的热气，时刻不安地撩动着挂满冰凌的四蹄。父亲的胡子奓立如矛，目光凶狠，脸色铁青，身上长满了虱子。父亲大口啃着冻得嘎巴脆的猴头菇和肥腴的大马哈鱼，将带血的狍子肉整块整块地填进他的胃里。父亲灌凉白开似的大口灌着劣性老白干，然后摘下熊皮帽子，硕大的头颅上开锅似的冒起大片热气。两只装满弹匣的大镜面匣枪挂在马鞍两旁，父亲就那么晃荡着双枪策马疾奔。大雪纷纷扬扬，部队在雪原中就像一捧滚动着的雪粒子，除了马匹偶尔发出的响嚏和脚步踩出的嘎嘎吱吱的雪响，没有人说一句话。父亲带着他的剿匪部队就这么没日没夜地往前走，固执地追逐着每一股土匪，恶狠狠地咬住他们，然后眼不眨心不跳地把他们变成冰冷的尸首。

熊熊的篝火在日本军用帐篷外毕剥地燃烧着，松脂能使篝火彻夜不熄，父亲在帐篷里紧裹着虎皮大衣酣然大睡，身下冰雪悄然无息。一头丢失了崽子的黑瞎子气鼓鼓地从林子里走出来，与一群觅食的野猪擦肩而过。黑瞎子茫然无措地看了看篝火，摇摇头，笨拙地离去。它不知道，亮如白昼的黑夜中，至少有两个流动暗哨都曾将顶上了火的枪口瞄准过它毛茸茸的心口。黑瞎子离去之后大雪仍然纷纷扬扬，在接近篝火之前化成了水珠，给火焰带来了一些快乐和兴奋。高大的塔松支撑不住，轰然坍塌下一堆积雪，将帐篷砸得一晃悠。父亲鼾声依旧。

浓睡中的父亲从来不做噩梦。


赋闲之后的父亲为自己谋得的最后一个领地是一间唯独属于他自己的房间。

光阴荏苒，母亲早已习惯了随军飘移和颠沛的生活。自从1948年母亲在东北嫁给了父亲之后，她就开始不断重复搬家这一类事情。早些时候没有什么家当，父亲将调令往兜里一揣，叫警卫员拎上唯一的皮箱，带上母亲就出发了。慢慢就有了些负担。从东北入关的时候母亲怀里抱着我吃奶的大哥。调离南京的时候母亲怀里换成了大姐，大哥则由父亲的秘书牵着。进入湖南后我的二姐降生了，这使调动的队伍变得臃肿起来。1956年，父亲调往四川时，我母亲怀我已足月，调动却并不因此而受阻。在长沙站，列车长知道母亲将要临产时说什么也不允许母亲挺着大肚子上车，他当然有足够的理由阻止我的母亲把婴儿生在隆隆开动的火车上。父亲在火车启动时开始大动肝火，他指挥警卫员把我的母亲硬从车窗口塞了进去，在列车员打算再一次把母亲抬下车时警卫员拔出了手枪，警卫员怒不可遏地用瓦蓝的枪口指住列车员的鼻子说："你想活不想活?!"这样，我母亲和我才一路无虞地被"运"到了四川。

母亲像大部分随军家属一样很快学会了搬家，她甚至能奇迹般地将十几口巨大的泡菜坛子无一损坏地托运到千里之外的新家。搬家使母亲从父亲的家属一跃而成为行动的总指挥，怎样将父亲几十套各个年代配发的军装打包，怎样将一家人的棉絮装进八二迫击炮箱里，带上什么丢掉什么，这都是母亲的事，父亲从来不管。父亲关心的只是每到一个新的宿营地，便自己挑选一间单独的卧室。父亲长久地坐在他那间紧闭房门的屋里，默不作声。有时候家里没有别的人，有外人在院子里叫门，他任凭来人在院子外面叫，却一声不应。他的目光中再也没有了昔日的骁悍，花白的鬓角和松弛的两颊使他显出莫名其妙的慈祥，一双被火药燎灼得面目全非的大手安静地搁在老式藤椅的扶手上。只有他的腰，不管在任何场合任何时候都挺得笔直，即使他坐在那里，也从不塌陷下去。父亲守着他的房间，就像守着他的阵地，不允许任何人随意进入，有时候连小阿姨进去叠被子拖地板他也要大发脾气。

母亲对我们说："你们的父亲简直太不像话了。他自己不求上进，他还要怎样呢?"母亲这么说，但母亲仅仅是说说而已，她并不是要我们真的附庸她。如果我们不懂事，把母亲的意思弄拧了，表现出对父亲怪异性格的不满，那我们可就自讨没趣。母亲会瞪着惊诧的眼睛盯着我们，仿佛她弄不明白她和我们的父亲怎么会生下我们这一群不肖的犊子。母亲斥责我们的口气比她说父亲的更激烈。母亲大声说："你们有什么资格批评你们的父亲？你们难道有吗？嘿，别看你们一个个长得骡高马大的，也只有这点你们才多少有点像你们的父亲，别的任何地方，你们半点不如！你们配吗？你还自以为什么似的，你们，连他的一个小拇指也够不上！"母亲这样说。母亲双手叉腰，高高地扬着下颏。母亲在这种时候绝对像极了一头护卫自己伴侣的骄傲的母豹，她的瞳仁闪闪发光，她站在那里训斥我们的样子美丽动人。

1967年秋天的时候，记不清是哪一天了，那天父亲匆匆地从外面回来，回来之后便去翻箱倒柜。父亲把十几套充满樟脑味的军装扔得满床都是，黄色和绿色的军装立刻就使父亲呆板的房间充满了生动。父亲在那一大堆压了多年箱底的军装中翻找着，像个小学生一样拿不定主意。他的举动使母亲感到蹊跷，母亲弄不清父亲在干什么。有很长一段时间，父亲都是早出晚归，整天待在由花园开垦出的菜地里，种白菜或者萝卜，父亲挑着晃晃荡荡的粪桶在菜畦里穿过，往手心里吐唾沫，然后捏紧锄柄用力锄地。他仍然穿着军装，那是用结实的咔叽布做成的，上面满是黄泥、汗渍和粪水。锁在衣柜里的军装他原本是用不上的。母亲不明白，母亲便问。父亲抓着一件军装怔怔地盯着母亲，仿佛没有明白母亲问的是什么。好半天父亲才哈哈大笑起来，把军装往母亲怀里一塞，洪亮着嗓门说："什么事？还能有什么事？大喜事！告诉你老婆子，我要进北京去见毛主席了！"

1967年秋天真是一个美好的季节，毛主席突然想着要接见中国人民解放军全体军以上干部，这对休息了多年的父亲无疑是一件突如其来的喜事。毛主席是军队的统帅，统帅要接见他的兵了，父亲在如此巨大的喜讯面前无法抑制住他内心的喜悦。父亲也许还下意识地揣测过这次接见的重大意义，是毛主席要重新整顿军队了？是什么地方又要打仗了？是和苏联或者印度干还是要收复台湾？不管怎么样，不管和谁打，新兵蛋子总没有老兵好使唤。父亲激动得要命。他拿不定主意穿什么样的军装去朝见最高统帅。他吩咐母亲为他找出一副崭新的领章帽徽。他对母亲的针线活不满意得近乎挑剔，直到母亲用尺子量好位置屏住呼吸缝好领章帽徽，他又满脸严肃地认真检查了三四遍方才过关。

在那以后有了很长一段时间的不眠之夜，让父亲食不安睡不宁。他连一天也不愿等待，恨不得拔腿就去北京。好在进京之前还有许多的事要做。有关部门组织老干部学习各种文件，大家畅谈对统帅的崇敬之情和幸福感受，回忆当年在统帅的亲自指挥下不断打胜仗的革命历程；被服厂的老师傅来为每位进京人员量尺寸统一制装；军医带着脸蛋红扑扑的小护士来为首长们检查身体，热情而又严格地写下诊断书；宣传队的男女文艺兵们送来一台台文艺节目，让首长们大饱眼福。院子里那些日子就像过节一般充满了喜庆的欢乐，同时呈现着一种让人揣度的神秘感。

父亲在那段日子里变化极大。他开始荒芜菜地，在更多的时间里待在家中。他开始关心报纸上的事情，报纸一送来，他就抢在手中，从一版开始一个字不落地看到四版，然后锁紧眉头自言自语："台湾风平浪静呢？一个字也没提，会不会是计？要不真是北边？真是和老毛子干？"他变得爱说话了，大声地像个饶舌的孩子，即便在饭桌上也喋喋不休，和送报纸的小干事也聊个没完没了。阳光在那个秋天出奇地温暖和漫长，蛋黄色的太阳在整个下午都耐心地悬在空中，风从安谧的院子通过，抚动开始泛黄的葡萄叶，沙沙作响的声音让人联想起密集的红高粱和挺拔的白桦林前呼后拥的情景。父亲送走了送报纸的小干事，回到他自己房里，不一会儿，房里便传出父亲响亮的歌声：

> 走上前去，
> 曙光在前途。
> 同志们奋斗！
> 用我们的刀和枪开自己的路，
> 勇敢向前冲！
> …………
> 同志们赶快起来，
> 赶快起来同我们一起建立劳动共和国！
> 战斗的工人农友，少年先锋队，
> 是世界上的主人翁，
> 人类才能大同。
> …………

母亲坐在院子里，母亲为父亲缝着衬衣上的扣子。母亲偷偷地抿着嘴笑。父亲在窗户里看见了。父亲越发大声地唱起一支小调：

青年你想去，
妇女来拥护。
参加红军要吃苦，
然后享幸福。
青年你走了，
吃苦又耐劳。
行起军来日夜跑，
红军士气高。
红军莫想家，
马上到黄麻。
占领地盘再请假，
请假看爹妈。
群众应关心，
要代家属耕。
他在前方把命拼，
为的是穷人。

　　父亲大声地唱着，他的嗓门儿直直的，丝毫未加修饰，但这并不妨碍他唱下去。父亲的心境就像没有一丝云彩的蔚蓝色天空，他像孩子一样只有纯净的盼望和期待，在那片蔚蓝色的期待下，父亲似乎又有了一次生命的注入。

　　进京的那一天终于来到了。老干部们一个个容光焕发，身穿崭新的军装，脚蹬锃亮的皮鞋，手拎一式黑色皮箱，依次登上披红挂彩的军用交通车。年轻的士兵们在车下拼命地擂动锣鼓，锣鼓声振聋发聩。而老干部们则全都像新兵入伍一样的兴奋，已经不再年轻的脸上带着一丝羞赧的微笑。人们在他们每个人胸前都戴上了一朵大红花，就像当年他们打了胜仗参加庆功会一样，红花映红了他们的脸庞，使他们显得格外地英姿勃发。

也许还有另外一个疑问，这个疑问就是，如果父亲真的去了北京，如果父亲参加了那次统帅对军队干部的接见，如果统帅和蔼可亲地告诉他的兵，天下大治，形势大好，没有什么仗需要你们打了，你们的任务就是好好休息。如果这样，父亲会怎么样？父亲会感到强烈的失望吗？

我之所以这样设想，纯属是一种好奇，是我对没有发生的事件的一种了解的欲望使然，它仅仅是一个设想，因为父亲并没有得到上述那个答案，因为最高统帅根本就没有对他的老兵们说这些话。实际上，父亲他没有去成北京，事情在最后关头发生了意想不到的变化。

事件的肇事者是休息干部老王。

老王是1932年参加革命的，有过爬雪山过草地的经历。延安时期，老王在中央警卫团干过三年，在站岗放哨的时候经常能看见繁忙工作之余出来遛腿的中央首长。据老王说，毛主席当年还和他拉过家常。老王在新中国成立以后戍守祖国的西大门，中印反击战的时候，老王上前线指挥战斗，被印军的一发炮弹从吉普车里炸了出来，丢了一只胳膊，从那以后他就离职养伤了。老王休息后并没有歇着，仍然时不常地被机关工矿学校请去做报告，报告的题目是他自己起的，叫作《我为伟大领袖站岗放哨》，说的是他在延安当兵的那三年经历，为此他被好几所学校聘为校外辅导员。毛主席要接见军队干部的消息传出后，老王激动万分，逢人就说："毛主席还记得我呢！毛主席要接见我了！"人们要是说，中国革命任重道远，世界革命方兴未艾，毛主席那么忙，怎么会记得你？他就急，一本正经地说："你以为毛主席是什么？他老人家心中装着全世界，怎么会不记得我！"院里的领导看老王那份喜悦的样子，不忍心告诉他，毛主席这回要见的是军以上干部，作为师职休息的老王不在名单上。老王被蒙在鼓里，一点不知道，整天喜气洋洋，巴心巴肝地盼着去北京见毛主席的那一天。直到出发上京的前一天晚上，院里的领导才去老王家里通知了他。院里的领导懂得委婉，说主席很忙，那么多人一下子见不过来，这拨儿见了还有下拨儿，首长你就耐心一点，等。老王立时就蒙了，话都说不出来，等到能说话了，反反复复只有一句："我要去见毛主席。我要去见毛主席。"院里的领导怎么解释也没用，后来急了，说："首长你怎么这样？我又不是毛主席，我就答应你又管什么用？管用吗？"老王听了这话，明白是绝望了，以后再不说什么。等院里领导离去，老王就站到客厅的毛主席绣像前，六十岁的人，竟呜呜地哭出声来。

载着进京人们的军用大交通车驶过院里的大白楼，交通车在人们的一声惊呼中猛地刹住，车上的人都探出头去看，十几层高的白楼顶上，摇摇晃晃地站着一个人，那人是老王。

人们猛抽一口冷气，都屏住了呼吸。

老王迎风站在顶楼平台边上。他穿着50年代部队发的蓝色观礼服，戴着大檐帽，胸前佩满了大大小小的战功章。强劲的风将他礼服的下摆掀起来，胸前的战功章不停地发出悦耳的撞击声。老王像一个梦游者，目光望着遥远的北方，凄楚的呼喊声随风而至：

"毛主席呀毛主席，你的老兵想见你……"

父亲原来是坐在座位上的，崭新的皮鞋和皮箱都发出悦目的
光泽。父亲脸上的红晕突然消失了，他转过头来冲送行的院领导
喊："快去把老王弄下来！没看出他要干什么吗？让他和我们一
起进京！"院领导脸都吓白了。但是脸都吓白了的院领导仍然知
道什么是原则。院领导说："这是不可能的。老王他没有资格进
京。这是规定，我说也不管用。"父亲的声音都变了形。父亲喊
道："什么他妈的不可能！打仗的时候也没定这么多破杠杠！"院
领导说："首长，你的心情我理解，可是这没有用！"父亲像一头
狮子似的从座位上扑出去，一把揪住院领导，声嘶力竭地喊道：
"你眼瞎了?! 他说跳就跳了！"话音刚落，站在十几层楼高处的
老王伸出没有断掉的那只独臂，像是要扑进谁的怀抱里似的扑向
空中，在人们的一声惊呼里，如同一片枯尽了的叶子晃晃悠悠地
飘落下来，片刻之后水泥地上传来一记浊闷的响声。

车上的人全都惊呆了。在他们即将进京去见他们崇敬的统帅
的时候，他们当中的一个人却死了，是自杀而死的，因为他没有
资格见他想见的统帅，这似乎是一场白日梦。这些经历过太多死
亡的老兵，此刻都默不作声。

父亲在那个时候是怎么想的？不远处变成肉泥静静躺在那里
的老王让他感受到了什么？在长久的寂静之后父亲推开院领导，
他像喝醉了酒似的摇摇晃晃走到车门边，一脚踹开车门，跳下了
车。父亲他一把拽下胸前的红花，仰头朝天吼道："我见谁？我
他妈谁也不见了！"

父亲回到他一度荒芜了的菜地里。父亲换下了新军装，依然
穿上旧军装，即便如此，他的风纪扣仍然扣得严严密密。父亲挑
着满当当的粪水穿过菜畦，放下粪桶，操起粪勺，将粪水泼出一

片片均匀的水扇。菜地好些日子无人料理，已经生长出一些杂草了。父亲冲手心里吐一口唾沫，然后捏紧锄柄用力地锄地。秋天最后的时刻，大自然总是消瘦得厉害，青天红地，给人一种被大肆掠夺过的感觉。父亲在秋天最后的阳光里一声不响地埋头劳作，旧军装很快就被汗水浸透了。

父亲把他的菜地收拾得十分出色，有路过的人看了，会不由自主地停下脚步来，和那个种菜的老兵闲呱几句，说上一些夸奖的话，然后走开。

父亲的菜地确实经营得不错。

但是父亲的脸上就是没有笑容。


父亲十六岁时个头儿就长得很高了，而且父亲的胆子大，富有冒险精神，精力充沛得老是待不下来，很多人都愿意在农忙的季节雇他去做短工。村里人有时候和我爷爷闲聊，就说："这娃要是不当兵，那就亏了。"我的爷爷不喜欢听这种话，他对怂恿别人的儿子去当兵这种事情很反感。我的爷爷已经有两个儿子在红军里当了兵了，他才不情愿再多一个儿子去舞枪弄棒呢。但是父亲并没有听爷爷的，他还是当了兵。我的爷爷为此一定伤透了心，所以他决定不等到父亲这个逆子衣锦还乡就先奔黄泉路而去。

很多年之后，父亲休息了，他带着一身的伤痕住进了干休所，做了一名穿军装的寓公。又过了很多年，父亲和干休所的所有老兵们一起脱掉军装，成为地地道道的老百姓。父亲整日在菜地里劳作，他从农民来，又还原成农民，事情就这么简单。还剩下一些什么让父亲固守着呢？父亲在那片菜地里究竟能种出些什么来呢？据我所知，在父亲那口从不开启的老式樟木箱里，还整整齐齐地叠放着一套领章帽徽俱齐的新军装，军装是加大号的，不曾下过水，散发出染剂和樟脑的芬芳，这套从没下过水的军装，它和父亲种出的萝卜白菜，有着什么样的必然联系吗？

父亲已经不是兵了，对我们家来说，这并没有什么，他仍然是丈夫、父亲、爷爷和姥爷，任何时候都没有人能够取消他的这个资格。父亲有一次对家人说：我要死在家乡。我哪里也不死，要死就死在家乡。父亲说了这话之后就带着我们全家迁居回了湖北。搬家那天，院子里有很多人来送行，前来送行的大多是和父亲一样的休息老头儿，还有父亲的亲家以及吃过父亲种出的那些蔬菜的人们，他们都和母亲握手，说："恭喜乔迁。"有的粗鲁老头儿还说："妈的，你们倒是回去了。回去等死呀？"父亲没有加入那个依依难舍的告别，他关在自己的房间里没有出来。我私下里猜测，不知父亲是不是在躲避什么。我还想，这大概是我们在父亲意志下最后的一次搬迁了。

父亲习惯性地走出新居，到四周荒野去寻找和开垦他的菜地。在阳光明媚的日子里，父亲把地里的石头瓦片拣出来，把茂盛的野花野草深深地埋入地下，然后种上白菜萝卜。新鲜的泥土气息弥漫在空气里，蚯蚓在阳光的反射下闪着银光，这一切都使父亲有一种归来的真实感。只是父亲再也挑不动粪桶了，骨头老化和静脉曲张使他再不能健步如飞地从菜畦中穿过，更多的时候，父亲只能拄着长锄，站在菜地旁，忧心忡忡地看着菜叶渐渐黄去，心里充满了悲怆。有时候有几只黄嘴麻雀从远方飞来，它们在泛黄的菜叶旁边休息、吵架或者奇怪地打量一番身旁那个呆呆站立着的老人，当它们发现这块正在荒芜下去的土地上并没有什么值得它们留恋之处时，它们便一起飞走了。总之它们一点也用不着害怕那个像稻草人一样的老人。

不管父亲过去曾经怎样过，他如今已经无法阻止地衰老了。

今年夏天的时候，我带着儿子过江南去父亲家度周末。黄昏时分，我和大哥陪母亲在院子里的葡萄架下一边乘凉，一边说一些关于工资物价方面的事。我的四岁的儿子先是爬在一丛蕙兰边津津有味地观看一队红蚂蚁搬家，另一队黄蚂蚁列队从旁边走过的时候，他就试图挑动两队蚂蚁打仗。蚂蚁被他用小竹棍拨赶到一起，互相用触须嗅了嗅，又迅速分开，安宁地各行其道。儿子对两队蚂蚁表现出的怯懦大为不满，跑进屋里取出他的电动冲锋枪，对着阵脚大乱的蚂蚁群猛烈扫射，其状英勇无比。母亲对我儿子的行为十分欣赏。母亲抛开我们去问儿子。母亲说："笑笑长大以后干什么？"儿子收了枪，毫不犹豫地说："当兵呗！"我们都笑了。我们都觉得这个回答很妙。我们都觉得老邓家下一代再出一个当兵的也不是什么坏事。这个时候，我们突然都停止了笑声。我们突然都停止了说话。母亲、大哥、我、我的儿子，我们听到屋里传来父亲苍老但情有独钟的歌声：

> 走上前去，
> 曙光在前途。
> 同志们奋斗！
> 用我们的刀和枪开自己的路，
> 勇敢向前冲！
> …………
> 同志们赶快起来，

赶快起来同我们一起建立劳动共和国！

战斗的工人农友，少年先锋队，

是世界上的主人翁，

人类才能大同。

…………

父亲在唱。他的嗓子直直的，丝毫没有修饰。父亲真的在唱，他唱的是那支六十年前许多人都在唱着的歌。在炎烈夏季的黄昏，父亲的歌声一直持续着传出很远。

我们愣在那里。我们就愣在那里。过了很久很久，当过兵的大哥才轻轻地说："今天是八一建军节。"

我没有转过头去。是什么东西使我无法转过头去。但是我知道，那个兵就站在他的卧室里。他是站在那里，挺着胸，目光如炬，风纪扣扣得严严实实，他就那么情有独钟地唱着那支歌。

父亲原名邓声连，1912年农历五月二十七日出生于湖北省黄麻县东冲村。十六岁那年他在河南省光山县参加工农红军，入伍后作战多次，负伤数次，二等甲级残废。曾受红军随营学校、抗日军政大学、党校整风等训练。1945年12月因反抗上级闹独立性，受行政撤职处分一次。1992年在湖北脱去军装，时年八十岁。

《上海文学》1995年第8期